—————————— 阅读之前 没有真相

# 妄想代理

（日）西泽保彦 著

徐鑫 译

新星出版社 NEW STAR PRESS

# 目 录

*遗物* ————

嘎啦——摇铃冰冷的响声从浅生伦美的头上传来。店内看上去很宽敞，四面都是混凝土墙壁，空气中回荡着爵士风格的音乐。这种氛围按理说是那种追求小资情调的白领，或者想要装样子的男孩儿才会喜欢的，但不管怎样，这家经常出现在哥哥日记里的叫作"Sonight"的咖啡店，就是如此真实地存在着。意识到这一点后，怀着复杂心情而来的伦美一下子觉得很扫兴。

"Sonight"一直真实地存在着啊——难道这不是理所当然的吗？正因为是一家真实存在的店哥哥才会来的啊。由于日记所特有的真实性，实际上，哥哥一定是来过这里的吧。他可能指着菜单，勉强点上一杯高中生完全买不起的"蓝山"。不过，现在可不是考虑这些事情的时候，问题并不在这儿。

在日记中哥哥最喜欢的窗边位置上落座，立即就有穿着黑色制服系着灯笼围裙的女服务生走过来，一边说着"欢迎光临"，一边为伦美递上焙茶和湿毛巾。但哥哥日记上明明写的不是焙

3

茶，而是凉水，或许店家是考虑到季节变化的原因才变更了吧。女服务生看上去大约二十多岁的样子，伦美不经意地看到了她胸前的名牌，上面写着"细川"。

"请问……"这么轻易地就问出口，伦美自己都感到很意外，"不好意思，请问这家店里有一位姓佐光的小姐吗？"

"佐……光吗？"细川肯定以为她是要点餐呢，大眼睛不停地眨着，头低得耳朵都快要触到肩膀了，"嗯……我好像没听说过这个人。"

"听说，至少两三年前她在这里工作过。"

"请您稍等一下……"还以为她的话就这么被当成了耳旁风，没想到细川规规矩矩地钻进了柜台后，不一会儿又加快脚步赶了回来，"您说的那位佐光小姐，是叫佐光彩香吗？"

伦美还是第一次听到"彩香"这个名字。哥哥的日记里只提到了她的姓，一直叫她"佐光小姐"，一次也没提到过"彩香"这个名字。莫非哥哥不知道？这样的猜想不知是否妥当。

"是的，应该是。"

"佐光去年就从这里辞职了。请问您找她有什么事情吗？"

"没……"说出这样敷衍的话，伦美又一次为自己的行为而震惊，"以前，家人曾受佐光小姐照顾，我只是想过来和她道谢而已。真是给您添麻烦了。还有，麻烦您给我一杯蓝山。"

或许是终于等到了伦美的点单，细川带着满意的笑容走了回去。

果然，确实是有位叫佐光的女服务生的，并不是哥哥空想出来的。可问题是，哥哥和她真的是那种可以轻松聊天的关系吗？

连对方叫彩香都不知道，这就是疑点啊。如果真像哥哥在日记中所写的那样，两人已经亲密到了佐光主动和他搭讪还约他看电影的程度的话，一直称呼"佐光小姐"也不太自然吧。事实上，日记里讲到另一个女人——梶尾老师时，在日记的后半段，随着二人关系的熟稔，哥哥就开始称呼她"顺子老师""顺子小姐"了，到了最后干脆不加任何敬称直接叫她顺子。对这两人称呼上的差别，解释起来的话只能说是因为哥哥知道梶尾老师的名字，却不知道佐光的名字是彩香。难道说，哥哥根本就没和佐光说过话，只是从服务员的名牌上看见了"佐光"这个姓，就把她写进日记里来了？

"让您久等了。"

接过细川端过来的蓝山，伦美试着像哥哥在日记里记述的那样，不加任何牛奶和糖，直接品尝黑咖啡的味道。好苦啊！丝毫没有感受到哥哥日记里写的那种"香味像花束一样在口中散开""无与伦比的深度"之类的感觉，只是觉得苦。至少伦美没觉出这和妈妈煮的咖啡有什么区别。加了些牛奶和糖，好像又放多了，一层甜甜的膜填满了口腔。伦美忍不住想：唉，我究竟是在做什么啊？

今天，一月九日，是伦美的哥哥浅生唯人的忌日。两年前的今天，他去世了，而他的日记，也停留在了那之前的一天，一月八日。

"……明天，我要去'Sonight'，一边和佐光小姐聊天，一边悠闲地喝上一杯蓝山，然后再顺便去趟少草寺。"

日记就到这里结束了。说起来，一月九日正是第三学期刚刚开始的时候，那时哥哥正上高三，马上就要参加高考了，只有上午有课。这么说来，哥哥恐怕是一放学回家换下校服就直接出来了吧。对，就是这样，和伦美现在的情况一样。伦美也上了哥哥曾经上过的那所高中，今年也升入了高三，像哥哥可能做过的那样，她也是下了课回家，换上自己的衣服，然后径直来到了"Sonight"，用高中生活最后一年的压岁钱，喝了一杯哥哥与今生作别的蓝山。

可是，为什么呢？我究竟是为了什么在做着这种毫无意义的事情呢？虽说已经决定去上被推荐的本地国立大学了，时间上很充裕，但这并不能成为我此刻坐在这里的理由啊。或许，我是无论如何也想体会一下哥哥当时的心境吧，哪怕一点也好，只是想体会一下哥哥为什么在和自己一样的年纪时就放弃了生命。可是，好像又不是因为这样。相比之下，我更想知道哥哥究竟为什么要留下那样一本离奇的日记。

"不管怎么说，真是把我吓了一跳呢。"伦美的思考就这样被打断。回头望过去，店里不知什么时候进来了三个中年女性，围在一张桌前吃着些比萨三明治一类的简单套餐。虽然在这种以独自享受读书与音乐的客人为主流的店里显得格格不入，但她们本人丝毫没有在意，用把背景音乐都压过的音量开始了八卦大会。

"你们听说了吗，那件独居老人被害案？"

"听说是末次先生的母亲吧？真是的，这刚过完年的，一点征兆都没有。话说回来，怎么让老人家自己一个人住呢，明明家

6

里看着那么豪华……"

"听说啊，好像是和儿媳妇的关系不好……那家的太太也是医生呢，估计啊，就是因为这样。"

"可高傲呢，那位太太。这样说来，那家的小姐好像也取了艺名出道当艺人了呢。这也是她高傲的原因之一吧。真是的，这样就能目中无人地把婆婆赶出去吗?！"

"不，不是被赶出来的吧，老夫人住的应该是末次家祖传的房子。不过是木制的，非常老旧，所以啊……"

"所以啊，儿子儿媳把年迈的母亲扔在老家，自己却在外面盖了豪宅。可是，只有老夫人一个人住，那她先生呢? 也没有其他子女了?"

"据说她先生很早就去世了，子女的话，应该还有个女儿的，是末次先生的妹妹。可是嫁到了外地，连外孙都不带过来跟老人见见呢。"

"简直太残忍了。就这么被孩子们抛弃，最后还被强盗给杀害了，唉，为什么老人家会活得这么辛苦呢?"

"欸，强盗? 电视新闻上不是说家里什么也没丢吗?"

"我这也是听人说的，调查之后发现，家里似乎只有照片全被偷走了。"

"照片? 什么照片?"

"哎呀，就是几本影集啊，还有没整理的照片什么的，这些全都被偷走了。"

"为什么要拿那些东西呢?"

"可能是放在箱子里，被强盗错当成了值钱的东西给偷走了吧？末次一家最近的照片都放在那里呢，估计是把老家当成高级仓库了。"

"这样说来也有可能啊。不过，这个强盗也太傻了吧。"

"真傻啊。可老夫人死得也太不值了吧！要是偷东西的话，也该去儿子媳妇那里偷啊。"

伦美被她们的吵闹声搞得很烦，直接从座位上站了起来。剩下一多半的蓝山她也不觉得可惜，反正已经冷掉了。她结了账，穿上外套，走出了"Sonight"。

走在路上，冷风迎面袭来，伦美忽然有了一种不自在的感觉。究竟是什么呢，这么奇怪的感觉？想了一会儿，她终于找到了原因。她总是觉得刚才那些阿姨讲话的内容和自己正在思考的问题有些联系。可是，怎么会呢，怎么会有这样的事呢？现在，她心里的疑团是哥哥唯人留下的日记，可是那里面完全没有提到过强盗杀人事件之类的危险话题，有的全都是和高中女教师之间的情欲记录，和妹妹的同学之间甜蜜的交往，再就是和常去的咖啡店女店员之间华丽的恋爱游戏……

伦美步入少草寺，里面一个人影都没有。抬头望见一棵樱花树，却没有一丝植物的色彩，就像是染了色做成树枝形状的矿石一样。哥哥就是在这棵树上吊死的。两年前的那一天，这棵树的周围应该也是像现在一样一个人都没有吧，哥哥把准备好的绳子拿出来，系在这结实的树枝上，然后……

伦美叹了口气，哥哥究竟为什么要自杀呢？她还是找不出理由。哥哥甚至连封遗书也没写，只留下了从大前年九月一日开始写的这些日记，每个月一本，到前年的一月份为止一共写了五本。哥哥用细腻的文字详尽地勾勒出每一天的生活，可是字里行间，却完全看不出他是下了决心要自杀的。不仅如此，日记里面也完全看不出哥哥是在过着与其高中生身份相符的生活，简直就是玫瑰色的人生。伦美不禁怀疑，难道哥哥不是自杀，而是被人杀害后，又被伪装成自杀的吗，这个暂且不提，但因为当初深信日记里的内容完全都是真实的，所以她才不明白哥哥为什么要自杀。

伦美是大前年就知道哥哥在写日记的。当时她还在上高一，跟她同校、上高三的哥哥也还在世。大概是第二学期期中考试期间，她为了要准备第二天的考试，去哥哥的房间里借参考书看。哥哥当时不在，伦美进去之后无意中看到了放在桌子角落的日记本，实在抑制不住自己的好奇心，便翻开看了。可读了最新的那一段之后，她震惊了，飞入眼里的竟是这样的文字：

"'真拿你这个孩子没办法啊。'梶尾老师边说边用眼睛瞟着我，嘴角溢满笑容。她迅速往四周扫视了一圈，确定没有人之后，便立马抓住我的手，偷偷钻进了实验室。现在正值期中考试时期，里面空荡荡的。'今天只可以接吻哟。'老师边说边摘下自己的眼镜，吻上了我的唇。我那环在她后背的手，也开始不安分地一路向下滑去，刚碰到她的裙子，她立马打了我的手，'不是都说了今天不行嘛。'可是吻着吻着，老师本来急切的爱抚动作渐渐放缓。莫非有人一时兴起闯进实验室来了？我开始慌张起来，老师却好像恶作剧似的很享受我这副狼狈模样，最后终于跪了下来，双手也从我的股间游走到裤子拉链处……"

那时，伦美还没上过梶尾顺子的课，只是知道有这么一位生活课老师，身材高挑，三十多岁了还是单身。她确实不错，可伦美却并不觉得她能归入美人的行列。穿衣打扮既保守又老土，难道正是这样哥哥才被她吸引了吗？不管怎样，伦美完全没有想到，哥哥竟会在学校里与女老师干这种勾当。

伦美对此产生了强烈的兴趣，从那以后就常去偷看哥哥的日记。日记虽然是从九月份才开始写，但好像早在刚升入高中的时候，哥哥就已经被诱惑了。在女教师的家里、附近的旅馆，偶尔还在校园里没人的地方，他们到处上演寻欢的戏码。虽然也有哥哥主动的时候，但大多数情况下，主动的都是梶尾顺子。她就是这样一个风骚的熟女，贪恋着年龄小得都可以做自己儿子的少年的身体。在伦美看来，这和平时她那土气的女教师的形象完全不搭，却也还是带着一股土腥子气——至少，伦美现在是这么认为的。

可是给伦美带来更大冲击的是，哥哥好像正在和一个名叫下濑沙理奈的女孩儿谈恋爱。伦美和沙理奈从小学开始就是朋友，在同学里面是关系最好的，经常互相到各自家里玩，哥哥也理所当然地和沙理奈认识。虽然伦美也曾感觉到哥哥对娇媚的沙理奈抱有幻想，但她做梦也想不到，这两个人会真的在一起，更何况还有肉体关系什么的。虽然作为妹妹这样说有些不合适，但他们俩确实很不般配。沙理奈完全继承了她母亲那可以当选宇宙小姐的美貌，可爱到让伦美都要忌妒的程度。就是这样的沙理奈，竟然会喜欢上学习不好，体育也根本不行的哥哥，怎么看都跟低级玩笑似的。可哥哥日记上说的，就是这么一回事。

　　哥哥虽然很久以前就喜欢沙理奈了，但一直都不敢向她表白。据说，他从梶尾顺子那儿受到性启蒙后，一下子找到了做男人的自信，才对沙理奈展开轰轰烈烈的追求的。这样一来，沙理奈竟也开始迷恋上哥哥了。从日记中的内容来看，哥哥心里对下濑沙理奈和梶尾顺子两人做了明确的分配，他只把梶尾顺子当成性欲对象，而把自己命中注定要相伴一生的那个人定为了下濑沙理奈。

　　那之后，偶尔能触动哥哥内心不安分的那根弦的第三个女子，就是"Sonight"的女店员佐光了。同时让年长的女教师和妹妹的同学着迷，这种自信在哥哥自己还没觉察到的时候就已经慢慢散发出来了。这次也是佐光主动和哥哥搭讪的，还邀他去看电影。在电影院的一片昏暗中，佐光的双手在哥哥的膝盖上抚来抚去。虽然哥哥也曾幻想过和佐光做爱，但出于对沙理奈道德上的歉疚，始终没有踏出那一步——但哥哥好像完全没感觉到在和梶尾顺子的关系上有罪恶感。所以最终，哥哥好像也只和佐光停留在接吻和轻微爱抚的阶段。

　　看到这里，虽不至于怀疑日记的真实性，但伦美还是产生了很多疑问。作为一个高中生，却对自己的男性魅力如此自信——无论怎样回想哥哥生前的样子，伦美都无法想象出这样的画面。至少在妹妹的眼中，完全看不出哥哥过着这种被性生活填满的日子。相反，伦美曾经发现自己丢了的内衣在哥哥的房间里，甚至还发现妈妈的内衣也被他藏起来过。当时还以为哥哥可能是用这些东西来自慰，这甚至让一直嫌弃哥哥的伦美产生了一丝怜悯之情。

可能是因为有过这些经验，所以伦美判断起来才更加谨慎。浅生唯人绝不会是那种充满男性自信的人，而更像是那种无法和世界沟通终日烦闷的人，一些很小的事情都会让他受伤、动怒。总之一句话，他既孤僻又易怒。虽然也可能因为伦美是家里人，所以才比较容易发现他的缺点，但即使抛开这些不提，他也很难称得上是个对女性来说有吸引力的人。不管怎样，此时此刻，伦美已不再怀疑日记是捏造的了，因为里面不仅描写了哥哥的性生活，还穿插了很多生活中的些微细节。那些近乎偏执的细节描写像洪水猛兽一样将她压倒，留下了一丝暧昧不明的气息。

所以，尽管有所怀疑，但也一直这么拖着。两年前，当得知哥哥的尸体在少草寺内被发现的时候，在接受残酷的事实所带来的打击之前，伦美脑中闪过的是一种使命感——她一定要保护这些日记，不让它们被发现。所以从那以后，她就一直把哥哥的日记藏在抽屉里，父母完全不知道，他们的儿子还有这样的文字留下来。

等哥哥的葬礼一结束，自身和周围都平静下来时，伦美就把以前只是随随便便断断续续读过的日记又从头到尾通读了一遍，里面还是有些不自然的地方引起了她的注意。三年前的十二月二十四日，日记的内容是这样开场的：

"平安夜本来还想和家人一起吃个饭什么的，结果爸爸突然要出差，妈妈又要去老家照顾生病的奶奶，就剩下我和伦美在家了。可伦美又被朋友约出去玩儿了，好像是一个姓相田的女孩子吧，还要在她家住上一晚，这样一来就剩我一个人看家了。一个人在家实在太无聊了，可大家今晚肯定都有约了。尽管如此，还是给沙理奈打个电话试了试，结果她竟然说可以过来。Lucky！"

接着，哥哥详细描述了自己和沙理奈共度的一夜。把女朋友叫到没人的家里来住，哥哥实在是够大胆的。这么一想，伦美忽然记起一件事来。像日记中写的那样，那一晚，伦美确实去了一个姓相田的朋友家里，但却没在她家住。一群人出门之后，先是去了市中心和一帮女生朋友集合，然后又跟男大学生们联谊去了，伦美还和其中一人擦出火花，去了他的公寓。先不说这个，关键是，沙理奈也去参加了当天的联谊活动。

可能是喝了酒的缘故吧，伦美已经记不太清楚，自己是什么时候被那个大学生抱出第二趴①的卡拉OK房了。她还记得沙理奈也参加了第二趴，但自己走的时候她还在不在呢？对此的记忆就很模糊了。可能沙理奈在伦美走之前就先脱身了吧。后来，沙理奈说她从卡拉OK厅出来后，又和两个男生一起玩儿到了天亮，但现在想想也有可能是她在撒谎，实际上应该是去找哥哥了——至少是有这种可能性的。事实上，公平一点来说，日记上虽然没写具体时间，但从文字来看，应该是伦美一出门哥哥就联系了沙理奈，而沙理奈几乎是立刻赶了过来，两人一起度过了漫

---

①日语写作"二次会"，即聚会时的第二拨活动。

漫长夜；可这个沙理奈在第二趴开始时的确还和伦美在一起啊，从时间上来看未免太牵强了。

难道这本日记的内容都是哥哥东拼西凑编出来的？这样的疑问终于在伦美心中形成。起初，因为日记中详细地写了很多考试、运动会、文化节之类的校园活动，并且穿插了很多家人熟知的日常生活，所以伦美不觉得自己是完全被骗了；但是，和梶尾顺子荒唐的性生活，与沙理奈的恋爱，跟佐光的交往，应该全都是虚构出来的。当她这么想了之后再回过头去读那些段落时，激情戏的描写，怎么看都像是哥哥读了黄色小说和看了色情录影带之后妄想出来的。

不自然的事情还有几件，比如从大前年的九月开始忽然写日记这一点。在那之前，不光是日记，哥哥连一点文字类的东西都没留下。日记的出现本身就很唐突，一开始的写法也略显生硬。按照哥哥的说法，他在刚升入高中时就和梶尾顺子发生关系了，而日记开始的时候他已经高三了，却还是叫她"梶尾老师"，这不是很奇怪吗？至少，相比起记了半年的日记后就转变称呼来说，一开始就以"顺子"相称显得更为自然。

另外值得注意的便是手写这件事。哥哥生前写字很用力，常常因记稍长一点的笔记手就会痛而烦恼。伦美还听哥哥抱怨过，要是考试时的答题纸可以用打印版代替就好了。既然如此，他为什么愿意手写日记呢？用钢笔写上去，错的地方还要用修正液改掉，与其这么麻烦，干吗不用 word 软件呢？然而最大的疑问是，哥哥自己不厌其烦地编出这么缜密的谎言，究竟是为了什么，又是希望谁在自己死后读到他的这些胡言乱语呢？如果父母和他的朋友们读到的话，他们会被骗吗？即使他们中可能有人像伦美一样一开始被骗了，但多少也会怀疑它的真实性吧。

一直凝视着寺中灰色沙石的伦美，像被某种预感驱使着一样，忽地抬起头来，而几乎就在她移开视线的同时，樱花树的背后闪过一个人影。是个四十多岁的男子，穿着衬衫，系着领带，乍一看是个平凡的上班族，但伦美就是觉得他哪里有些可疑。

男子好像并没有注意到伦美的存在，径自停下脚步，看向自己的手。他手里好像拿着怀表，歪着头，似乎在思考着什么。接着他徐徐拿出记事本，开始在上面写起来。

把怀表和记事本收回包里后，他又拿出另一样东西——数码相机，开始在寺内拍照。按了几次快门，正要拍向樱花树之际，他和伦美的视线终于相交了。

"测量仪"——为什么伦美的脑海中会浮现出这个词呢？


第二天，一月十日。

昨晚，伦美做了个很奇怪的梦，她梦见哥哥偷偷潜入了沙理奈家。上学的时候，伦美忽然想起一件事。高三的学生因为要准备升学和就业，经常有很多人不来上课，教室里空荡荡的，点名只是个形式，课业也只是上自习。伦美和班主任打了个招呼说是要去查资料，就直奔图书室去了。

伦美以前从没注意过学校图书室会保存多少天以内的当地报纸，但幸好元旦之后的部分都还留着。她试着从前往后按顺序翻。

上次那些阿姨们说了"这刚过完新年，一点征兆都没有"这句话，按理说报纸上应该会有关于末次家老妇人遇害案的记载——找到了！就在三号那天的晨报上。

晨报上的标题是"独居老人被害案"。下面写到："一月二日下午，居住于市内、七十八岁的末次小夜女士头部流血倒在家中，前来拜年的一位男性民生委员发现她后报了案。据调查，末次夫人当时已经死亡，死因是被人殴打头盖骨引发骨折，作案时间为除夕到元旦清晨之间。由于室内留有激烈的打斗痕迹，最初曾判定为入室抢劫案，但并未发现现金、存折、贵金属等被盗的痕迹。目前，警方正在调查是否有仇杀的可能性。"

报道上并没有提到关于照片被盗的事，之后的报纸上也没有任何关于这件事的报道。

等到下课时间，伦美回到教室。同学们只来了不到一半，教室中是一片懒散的气氛。伦美四处寻找下濑沙理奈，和同学聊着天的她倒是先招起手来。问她要不要放学后陪伦美出去，"嗯，好啊。"她很爽快地答应了。沙理奈已经决定接受推荐，去东京那所很有名的私立大学上学了，所以现在应该比较闲吧。低年级学生的午休时间对她们来说已经是放学后了，伦美在校门前等着与她会合。

"这阵子我可真是衰透了。"沙理奈边走边对着空气挥拳。"伦美你没来吧，就是上次真纪组织的新年看日出的旅行？不过没来真是对了，那些男生没一个能看得上眼的。有一个看上去像是社会人的样子，主动过来接近我。我心想，有这么个人也总比没有强吧，就和他结伴了，结果他竟然立马就跟我说'做吧'，那可是在车里啊！光是这样也就罢了，不论我怎么求他戴上套子，他都要那么硬来，真是太差劲了！我打了他一拳就跑开了。"

"就只是这样还好，我最近差点被性虐待呢。"

"啊，这我知道。就是那个浑蛋吧，听说华菜子上次也被害了。那个浑蛋还哄她说，'没事，现在大家都这么做的'，那个傻瓜竟然就答应了。"

"这么说来，他当时和我说，这样做的话大家就离成人更近一步了，莫非只是为了骗我做那个？"

"别说笑啦。"和说出的话相反，沙理奈捧腹大笑起来。

"他就是个一般意义上的变态啦。对了，我们要去哪儿？"

伦美想了想，把沙理奈领到了"Sonight"，虽然校规禁止学生在没有监护人陪伴的情况下进出餐饮店，但实际上只要不穿校服就基本不会被追究。反正马上就要毕业了，两人索性穿着校服就进去了。伦美坐在昨天的位置上，却发现不是细川过来服务了。看着刻有"伊头志"字样的名牌，伦美陷入一种莫名其妙的思绪中，但此时的她还不清楚这究竟是为什么。

"欸，这里……"沙理奈好奇地在店里四处张望，"这么华丽的店，看起来像是大叔大婶们才喜欢来的。怎么，伦美你有这样的嗜好？"

"哦，我哥哥以前好像喜欢来这儿。"

"欸？你哥哥？"

"要不是最近读了他的日记，我还真不知道呢。"

"日记……"沙理奈的眼神中露出了少许不安。她喝了口咖啡后，忽然埋头低声说："虽然不太好意思说，不过，这儿的咖啡好像真的不怎么好喝呢，还是说我们不会品？"

伦美苦笑着，倒也没觉得自己的舌头有多奇怪。

"我哥哥好像还挺喜欢喝的。不好意思啊，拉着你陪我来这里。这顿算我请。"

"嗯……伦美……"

"嗯？"

"也许……你哥哥的日记里，提到我了？"

"你……"伦美极力抑制住内心的动摇，撒了个谎，"没有啊，一点都没提到。怎么了？"

"不好意思啊，现在才跟你说，之前，你哥哥曾经对我告白过。"

"欸？真的吗？"

"没有直接说，而是写了封信。"

"我还真不知道呢，是什么时候的事？"

"我去你家玩之后不久的事吧，大概……"

"你来我家玩的时候……不会是小学时吧？"

"嗯，差不多是六年级的时候吧。"

"然后呢？"

"没什么然后啦，到此为止，我也没有回应他。但就是……"沙理奈眼睛上挑，耸了耸肩说，"那封信让人觉得很沉重，不过不好意思，那封信现在已经不存在了，被我扔掉了。虽然觉得你哥哥是个好人，但是问题不在这儿。要说纯爱的话，如果被另一方太在意反而会觉得有负担，越认真考虑就会感到越疲倦。与之相比，我倒宁愿他跟我说：'嘿，要不要跟我上床啊？不要？那算了，拜拜！'没准这样的话我就答应了呢。"

"你和我哥哥？绝对不可能吧？"

"对不起啊，是有些夸张了。不过先不说这些。后来，听说你哥哥去世时，想到自己无视了那么珍贵的信，我还是觉得很抱歉。"

"你不用那么在意啦，没关系的，况且已经是那么久之前的事了，说不定我哥哥他自己都忘了呢。不然，他的日记里怎么会一个字也没提到你呢。"

沙理奈像是终于安心了似的，神情放松下来。不知道她这两年间是不是一直暗地里在自责，伦美此时的心情却变得复杂起来。虽说早就猜到哥哥的日记完全是他自己编的，不过在这实实在在的证据面前，伦美还是乱了思绪。如果事实如哥哥日记中所描述的那样，伦美完全想不出沙理奈现在不得不隐瞒真相的原因。而且，三年前的那个平安夜，沙理奈并没有去见哥哥，而是和联谊时认识的男孩子们一直玩到第二天早上。当然，哥哥那天晚上也只不过是在孤单与苦闷中编织着他的美梦而已。

可是，伦美又想到，哥哥难道就不会讨厌那个只能靠妄想度日的自己吗？一开始，他可能只是抱着轻浮的心态，借着把自己内心的欲望编成日记来缓解压力；但渐渐的，随着细节描写的深入，美梦也变得越来越华丽。但是，当他回到真实世界的自我时，却又不得不面对无比凄凉的现实。

为了掩埋凄凉的现实，便需要更加不切实际的幻想。当幻想的火苗逐步白热化后，凄凉的现实便更加难以接受了。深陷这般恶性循环中的哥哥，某一天终于发觉自己已无路可走的事实，于是，他选择了自杀。这样想的话，也就不难理解他为什么没有留下遗书了。不仅什么也不写，连任何一点能让你找到线索的东西都没留下。

回想起来，伦美和沙理奈上小学六年级的时候，哥哥已经初二了，正是春心萌动的年纪。可是他却没有追求与自己同龄的女孩子，而是给当时还在上小学的沙理奈送去了情书，正是这一点让伦美觉得，哥哥真是名副其实的败犬代言人。他当时一定觉得，自己虽然不太受欢迎，但如果是小学生的话，应该会天真地和自己交往吧。当然，当时在我们班沙理奈也是出了名的可爱，哥哥很可能想先下手为强。但不管怎样，人家根本就对他不屑一顾。尽管刚才还跟沙理奈保证说，哥哥的死与她无关，但至少被她拒绝可能就是哥哥写幻想日记的原动力之一。

伦美此时才深切地感受到，哥哥当时有多么想受人追捧。可能下面的推断太苛刻了，但哥哥估计是不能满足于对梶尾顺子和沙理奈的幻想，才又追加了佐光的角色吧。而之所以选择佐光，可能她确实有迷人之处，但更大的因素恐怕是在名牌上知道了她的名字吧。虽然没数过，但让服务生带名牌的咖啡店应该也不多，哥哥常去这家店，只是因为要写佐光怎样怎样，才不得不一遍遍地称赞那么难喝的咖啡。

"嗯，对了，"一阵眩晕袭过，伦美又重新打起精神，"我有件事想要问你一下。"

"哦，什么事啊？"

"你们家是不是遭过一次小偷啊？"

"小偷？啊，是的，高一的时候吧。"

"你是不是还和我提到过那时钱没有丢，只有照片被偷了？"

"是的是的，确实是那样。真是不明白啊，为什么要偷那些照片呢？虽然对我们家人来说是很珍贵的回忆，但对别人来说根本一文不值啊！"

"你能再说得详细点吗？"

"好像也没什么更详细的了，大概就这些吧。那年暑假，我们全家去泡温泉，好像住了两三个晚上吧。回家之后发现屋子里一片狼藉，当时大家的脸都吓白了，不过仔细检查之后发现，现金啊存折啊竟然都没丢，只有照片一张都不剩了，这才松了口气。但还是很讨厌啊，妈妈结婚前的照片可全在里面呢。"

"你妈妈以前参加宇宙小姐选美时的照片也在里面吗？"

"嗯，全部都在里面，所以当时感觉就像全部的家庭历史都被删除了一样。"

"那个小偷，难道……"明明没想说，伦美却下意识地嘟囔出声来，"和新年杀人事件的那个凶手是同一个人吗？"

"啊？你在说什么？"

伦美把偶然间听到的那些阿姨们的对话简单讲了一下。

"——事情就是这样，虽然报道上没有说照片被盗，但如果阿姨们说的是真的，就很像你家的遭遇呢。"

也正是因此，当伦美最开始听到那些阿姨们的对话时才会陷入错觉中，以为这件事与哥哥的日记有关系。事件与沙理奈家的骚动相似，而日记中又频繁出现她的名字，虽然没有实质性的联系，却仍引发了伦美的联想。

"如果是同一个人干的话，那家伙为什么总是想要偷别人家的相册呢？而且新年的那个案件，老人还被杀害了。"

"可能那个小偷误以为老人会在儿子家过年？具体的我也说不清，可能他本以为家中没有人，结果却发现老婆婆在，所以慌乱之下就……"

"就杀了人？他顶多也就是个小偷，至于那么做吗？"

"可能他不想被人看见自己的脸，所以就杀人灭口了。总之那个小偷啊，说不定还和什么重大案件有关，这样一想也就能理解他为什么只偷走照片了。"

"唉——欸？你等等，我没太听懂，到底是怎么回事？"

"假设那个小偷，在偷照片和杀害老婆婆之前就曾经犯下大案，杀人啊，或是抢银行之类的，虽然还没被抓住，但他可能已被确定为嫌疑犯，被警察给盯上了，关键问题就在这儿。"

"为什么？既然警察已经盯上他了，直接逮捕他不就完了吗？"

"因为没有确切的证据啊，再加上那家伙还有不在场证明——但那一定不是真的，多半是伪造的。"

"啊，这家伙的悬疑剧演得可真好啊，再让他爱人做个伪证什么的。"

"嗯，可能吧。不过推翻他不在场证明的决定性证据就在你们家里，对吧？你觉得呢？"

"什么啊？喂喂喂，为什么证据会在我家啊？决定性的证据到底是什么？"

"哎呀，就是照片嘛。"

"欸？"

"在公共场所拍的照片里，一定会把背后那些没有关系的路人也拍进来吧？总之就是，你家和末次家可能就有把那个小偷拍进来的照片，只要查清拍摄日期，那么，在那个重大案件中他的不在场证明就不成立了。就是为了防止这样的事情发生，他才会去偷照片的。"

"嗯，确实有这种可能。"沙理奈刚开始有点认同，却又马上质疑起来，"可是啊，我们家被盗已经是前年的事了，不，准确一点说的话，已经是大前年了，末次家的案件是新年发生的，为了销毁同一个案子的证据，这中间却隔了两年半的时间，会不会有点太长了？"

"可能他最开始一直盯着老人的儿子家那边，没想到照片没在那边，扑了个空，然后他就一直调查照片究竟放在哪儿了，时间也就慢慢流逝了。当然，这只是我的想象而已。"

"嗯，对了，虽然可能没什么关系，但我忽然想起一件事来。那位被害的老婆婆，她的孙女就是那个诹访香吧，肯定是她。"

"诹访是谁啊？"

"她本名叫末次香织，你不知道吗，和我们还是同一届的呢。

她中学好像上的是女子学校，不过小学是和我们同校的，现在好像是一边在东京上高中一边在演艺圈内工作呢。"

伦美这才明白了那些阿姨们讲到的事，老人的儿子家里有个当明星的女儿什么的，而她的视线一下子移到了旁边的位置上。刚刚还空着的座位上坐着一位西装革履的男士，可能是感觉到了伦美的视线吧，他的眼神，在将咖啡杯移到嘴边的同时，顺势给了伦美一个颇具意味的浅笑——是"测量仪"。

和沙理奈分开后，伦美被一种莫名的预感驱使着，径直来到了少草寺。果不其然，几分钟过后，那个"测量仪"出现了，并且十分理所当然似的朝她的方向走来。

"刚才你的推理……"明明是第一次交谈，却什么招呼也不打，自我介绍更是没有，说话的语气倒像是认识了十几年的知己一般，"我刚才无意中听到的，你讲得很有趣，不过好像还可以解释得更简洁明快些吧？"

伦美听到他的话，丝毫没有惊讶和困惑，甚至有种错觉，仿佛自己从一开始约沙理奈去"Sonight"，就是为了让"测量仪"无意间听到自己的推理似的。

"总之，小偷可能真的只是想要照片而已。"

"就算什么价值都没有？"

"确实没什么变卖的可能，但是对他来说，却可能有更高的价值。"

伦美此时正心不在焉地盯着哥哥上吊的那棵樱花树，而"测量仪"仿佛也并不在乎她这副心不在焉的模样，继续说道：

"线索就是，被偷的这两家有一个共同点，你知道是什么吗？"

"两家都……"伦美抚摸着树干，自言自语嘟囔着，"两家都有个很有魅力的女儿。下濑家有沙理奈，末次家有当了艺人的香织。"

"就是这样。小偷拿下濑家和末次家的照片一点用都没有，他只是想要你朋友沙理奈，还有香织的照片而已。巧合的是，这两个女孩儿还是小学同学。这样我们就可以得出一个推论，小偷很可能就是小学时和你们有关系的人，比如暗恋她们的男孩儿，或是教职工之类的。"

"可是，就因为想要她们的照片而杀了人……"

"这个结果可能连小偷本人也没有预料到，但他可能就是那么迫切地想要拿到照片。"

"只要拿到照片就可以满足了吗，我不这么认为。"

"但如果是这样呢，小偷是男的，他想要一本只有自己才拥有的相册。"

"相册……"

"假设这人是你们的小学同学吧。他暗恋着你刚才的那位朋友，还有后来起了诹访香这个艺名的末次香织，可是直到小学毕业也没什么结果，后来上了初中又上高中的他，可能也有了新的追求对象，要是那个人恰好也喜欢他，那他可能会马上幸福起来，忘了小学时候的失败恋情。然而，他依旧不受欢迎，不论是学习上还是运动上都没有一点出色的地方。面对这样的自己他绝望至极，觉得要是一直这样下去，那这辈子可能就这么过去了。再加上青春期那种特有的莽撞，他甚至想到过放弃自己的生命，但是转念一想，自己要是就这么死了的话实在太凄惨了。于是，他才希望当自己从人生的舞台谢幕时，可以有足够的证据来证明自己绝不是丧家之犬，而这个证据便是相册。"

难道说，哥哥是从沙理奈家的相册被盗之后受到了启发，才动了写日记的念头吗？伦美忽然这样想到。沙理奈家被盗是在大前年的暑假，而哥哥开始写日记是在那之后的九月，时间上刚好吻合。哥哥领悟到了偷照片的人的意图，于是试着用写日记的方式来模仿。又或者说，偷照片的根本不是别人，正是哥哥，至少在沙理奈家的事上是极有可能的。可是今年元旦末次家被盗的事，已经是在哥哥死后才发生的了。末次家的照片真的被盗了么？报纸上根本没有报道过这件事，伦美自己也没有去确认过，也有可能仅仅是那些阿姨们谣传的八卦而已。

"把现实中可望而不可即的女孩子的照片和自己的摆在一起整理出来，要是能营造出两人是一起照的样子当然最好，不过，光是把一张张照片贴在同一个相册里就已经很不一样了。至少不经意间会给人一种微妙的联想，原来这两个人已经熟到平时可以互相拍照的程度了啊。这样的构图如果被第三者看到，一定会觉得他和少女之间有着很亲密的关系。要是女孩子还不止一个，而且都非常可爱的话，那大家对自己的看法一定会有所改观，甚至把自己当成特别受欢迎的男孩子。他可能就是抱着这样的期待做了假相册吧，也就是说，他在临死之前，正试图篡改自己的人生

26

轨迹。"

伦美凭靠着樱花树，向着上方的那片天空点了点头。她终于懂了，但又好像不是"测量仪"所解释的那样。

"怎么样？很有意思吧？这可能真的就是出乎意料的事实真相哦。"

"哪个是真的，哪个不是，我完全不清楚。我现在已经开始考虑其他的事了。"

"其他事？什么事？"

"你究竟为什么要故意接近我，和我说这些话呢？"

"噢——"他在伦美面前绕了一圈，"那你为什么会这么想呢？"

"只是猜测而已，难道你也是在为自己的死而做准备吗？"

"测量仪"沉默着，他那暗含深意的笑容也第一次消失了。伦美顿时觉得，如果哥哥不是在二十岁之前死去，而是活到四十岁的话，也应该是这副模样吧。

"对附近发生的事件发表非同凡响的推理，随后就离开的谜一样的男子。你不正是在营造一种戏剧性的场景吗？这样，在你自杀之后，你便会永远活在我的记忆中了。或许你也正抱着这样的期待吧。"

"你怎么会这样想？"

"莫非你昨天是算好时间来这边散步并且拍风景的吗？那也和我刚才说过的一样，是为了伪造'记忆相册'的一环吧？我就是这样想的。为了要捏造出在寺内与女子邂逅的场景，你光是在寺庙内巡视就花了好几分钟的时间。各种各样的数据这么多，一定很方便吧？你该不会不屑于做相册，而是准备写日记吧？"

"测量仪"恢复了他的笑容，却再也没有说一句话，带着和他出现时一样的唐突转身离去。看着他的背影，伦美始终没有说出心中的疑问——其实下濑家和末次家的照片都是你偷的吧？

下濑家和末次家的相同之处不只是家里都有个妙龄女孩儿这一点，她们的母亲也有共同点。沙理奈的母亲有着可以参加宇宙小姐选美的美貌，末次家的夫人是医生，应该也是很知性的女人吧，或者也可能是老婆婆那个嫁到外地去的女儿。总之，要是真有一个暗恋着她们并且想要不择手段地拿到她们照片的男人的话，他应该正好是像"测量仪"那样的年纪。

不论是女儿还是妈妈，都没有什么不同。伦美再次仰头望了一眼樱花树，离开了少草寺。

"再见，再也不见，这片满是阴郁的土地。"

自言自语中快步离开时，伦美在内心做了一个决定——回家之后要做的第一件事就是烧掉那些日记。

看台 ————

一月六日，新日本航空公司由御灵谷飞往羽田的二〇四航班，比预定时间——上午十一点整迟了约三分钟起飞。天气晴朗，万里无云。坐在窗边的沙理奈，几乎在飞机轮子离开跑道的同时就进入了梦乡。毕竟昨晚喝了个通宵，而且由于太过尽兴导致现在仍有宿醉感。唱歌也太起劲儿了，嗓子现在还疼。回东京的这一路上，一定要好好睡个够啊。

突然感觉飞机好像被撞了一下，沙理奈顿时醒了过来。她睡眼蒙眬地望向窗外，飞机已经在跑道上着陆了。欸，这么快就到羽田了？虽然觉得才出发了一会儿，但好像自己在这一个半小时的航程中睡得太熟了，连梦都没做一个。可是一看手表，才十一点二十分！怎么……真的吗？沙理奈还在纳闷，没道理十五分钟就从御灵谷飞到羽田了，往窗外一看才恍然大悟，外面的不还是御灵谷机场的建筑吗？

此时，机内传来了空姐的播音："——正如刚刚机长说明的那样，本次二〇四航班因发现机体存在设备故障，已紧急返回御灵谷机场，现在需要进行检查。为确保各位旅客的安全，请您暂时移步下机。新的通知播出前，请您在候机厅二层等候。非常抱歉耽误了您的时间，恳请各位予以配合。"

作为学生，沙理奈倒是没什么急事，觉得无所谓，不过对于那些赶时间去谈生意的人来说，这肯定是让人头疼的事故。那些貌似出差中的上班族男子正追着地勤问到底要多长时间才能结束检查，但好像没得到明确的答复。

一旦出现这种已经出发了的航班又返回的情况时，候机厅内都会变得人满为患。在一片混乱中，别说找个椅子坐下了，简直连站的地方都没有。沙理奈靠在一面墙边，打了好几个哈欠。

不久又有广播响起："下面是来自新日本航空的通知，搭乘二〇四航班飞往羽田机场的旅客请注意，本机现在开始进行机体检查，预计需要很长一段时间。十分抱歉给您的出行带来不便，预计二〇四航班将于本日十三点，即下午一点重新出发。"

失望和不满之声顿时此起彼伏。沙理奈看了一眼表，现在才刚过十一点半，也就是说还要等一个半小时。不过，既然说是一点以后，估计就会更晚一些。

"如有需要更换航班的旅客，请您到一层新日本航空的前台办理相关手续。"这句话话音一落，所有人都冲了出去。不知不觉间沙理奈也混在了其中。虽说出了登机口后还要再次检查随身物品，不过也是没办法啦，她急匆匆地走向为了缓解目前的拥挤状况临时开通的员工通道。

出了宽敞的候机厅搭上电梯后，沙理奈忽然发现前面有个背影好眼熟，看上去年纪与自己差不多。咦，好像是世绘啊？是她吗？可是她今早应该不会来机场吧？沙理奈重新打起精神走到一楼，马上就有一列长长的队伍映入眼帘。运营东京至御灵谷航线的有新日本航空和东方航空两家公司，沙理奈依次看着两家公司的航班时刻表。

去东京的最早航班是东方航空的一〇八四次，十一点五十分出发，马上就要到时间了。沙理奈看见一位穿着西装的中年男子好像是幸运地换到了票，正急匆匆地跑上电梯，一路冲向候机厅。他正是刚才在二〇四航班上和沙理奈隔着过道坐在同一排的男子。虽然座位之间隔了相当一段距离，但仍能听见他享受似的不断翻动体育报纸的声音，也因此才让沙理奈对他印象深刻。那浓烈的发胶味，脱鞋盘腿坐下时露出的腿毛，似乎都在诉说着他的苦夏。哎呀，大叔们不都是这样嘛，不管在哪儿，都跟在自己家客厅似的，完全不在乎别人的目光。像是在和要会面的对象解释迟到的原因吧，这个中年男子就这么将电话紧紧贴在耳边，一步步奔出了沙理奈的视野。

本来剩下的座位就不多，不一会儿广播就通知说东方航空的一〇八四航班已经满员。下一班去东京的是新日本航空的二〇六航班，虽然还有空位，但出发的时间很尴尬，在十三点四十分，沙理奈不得不陷入了沉思中。如果二〇四航班的机体检查能早一点结束，下午一点就能出发的话，那她就没必要换票了。但这又没有一个明确的时间保证，要是比预计时间还晚，到下午两三点

33

才能出发的话，到时候她一定又会后悔当时没有改乘二〇六航班。再晚一些去东京的就是东方航空的一〇八六航班了，下午三点五十五分出发，二〇四总不至于比它还晚吧……

左思右想的结果是，不耐烦的沙理奈干脆决定不换票了，静等新日本航空的二〇四航班再次出发。她找了个空着的长椅，稳稳坐下——真的好困啊。

昨晚被高中时期的朋友们约去畅饮，大家都是同班同学，因此有点同学聚会的意思。到了订好的小餐馆房间里一看，里面是五男五女的成员搭配，沙理奈顿时有种被叫来凑数的感觉。比起同学会这更像是联谊，但又一点气氛都没有。

男生们清一色是些无聊的家伙，给人一种畏畏缩缩的印象。记忆里的高中时代，作为当地首屈一指的私立学校的学生，大家都充满了年轻人的朝气和自信。毕业后踏上各自的前程也才不到一年，这么短的时间里，他们到底是怎么了？沙理奈百思不得其解。男生们都像是在努力自保，完全没有一点霸气，说得不好听一点儿，一个个都跟大叔似的，还都在说些什么："哪怕只有一次复读的机会也能考上个更好点的大学，可却因为经济上的原因不得不妥协……""想考的话也是能进东大那样的学校的，但为了要继承家业，只能窝在现在的专科学校。"一个个都没完没了地发牢骚，郁郁寡欢地舔舐自己的伤口。喂，你们不是才十八九岁吗？至于这么自虐地抱怨人生吗？不光是沙理奈，女孩子们好像都觉得挺扫兴的。

不过这些家伙却早有预谋，在发牢骚和自虐的空当，死乞白赖地想问出女孩子们的电话。唉，真是太烦人了！"快给我你的电话号码吧，给嘛给嘛。"对这种边说边一点点蹭过来的家伙，沙理奈完全不想搭理。"我现在没有手机啦，在东京是住在亲戚家里，也没有自费的家庭电话。"她就这样胡说八道了一通。

或许是这样的做法惹到了他们吧，当沙理奈从洗手间回来后，发现她放在坐垫上的包有被人翻过的痕迹。莫非是有人怀疑她是不是真的没有手机，便擅自翻了里面的东西？即使现在的印象很差，但毕竟曾经是同学，沙理奈并不想这样怀疑他们。可一旦产生了不信任感，再想不去怀疑他们就很难了。

无法抑制内心厌恶感的沙理奈，等不到第一趴结束就起身告辞了。其他的女生们在她走之后纷纷撒了点谎，撇下那些对第二趴满心期待的男生们离开了。

"真纪，你给我们解释一下吧。"游荡在繁华的街道上时，沙理奈埋怨着当晚组织大家去的那个女孩儿，"都是些什么人啊？糟透了！早知道这样还不如晚上陪父母吃吃饭，都比这好多了，真是的。"

"对不起，对不起对不起对不起。"被大家围攻的国生真纪低着头道歉，"是我不好，真的是我不好，事到如今我真是无可辩解。"

"赔我赔我，赔我那么宝贵的时间，该死的！亏我还特地又脱毛又做面膜的，精心准备了那么久，全都白费了！"

"沙理奈你也有点太在意了。唉，真的是我不好。"真纪低着头又紧接了句，"本来还想一起庆祝加代子订婚的事呢。"此话一出，沙理奈顿时把愤怒抛在了脑后，伴着一声"欸"回过头来。

"什么？加代子，你要结婚啦？"

"明年吧。"正在当地上短期大学的村山加代子可能是难为情吧，略显轻佻地耸了耸肩，"大概在三月末吧，和毕业典礼一起。"

"还是那个男友？太好啦，恭喜恭喜！我们再去喝一杯吧！"说着，五个女孩儿就闯入了附近的一家KTV。

"恭喜恭喜！"

"来唱歌来唱歌！"

"上白酒上洋酒！"

"向着自助餐冲啊！"

……和刚才完全不同，大家都兴奋异常。没有男人做伴竟然这么开心，我们一定是有问题吧——大家都哈哈大笑着。时间也是延长了一次又一次，到第二天早上五点店里打烊她们才出来。接着又一起去家庭餐馆吃了顿愉快的早餐。就这样，五个女孩儿整整玩儿了一晚上。

和大家分开后，晃晃悠悠回到家的沙理奈莫名其妙地被平时完全放任她的母亲训了一顿，尽是些："要是这么晚回来的话就给家里打个电话啊！""附近刚发生过骚动，就不要再让我们为你瞎担心！"几天前，下濑家住的那条街上，有一位独居的中年女性被发现倒在自家门前，是被人用利器杀死了。据判断，应该是在除夕到元旦早上，在从神社参拜回来的路上被害的，可凶手目前还没被抓到。被害者是在市内点心店工作的女性，并没有听说和附近的邻居产生纠纷，也没有发现钱财被盗或者衣衫凌乱的痕迹，因此大家都纷纷猜测，会不会是那种无缘无故袭击路人的道匪干的。正月刚开始，这起事件就搞得大家人心惶惶。

连眯一会儿的工夫都没有的沙理奈，现在是东京某私立大学的学生。偶尔回一次老家却没怎么在家待的她，抛下正为此发牢骚的母亲，赶紧出了家门奔上了机场巴士。到了御灵谷机场已经十点半前后了，机场的人很多，算上行李安检的时间大概还需要半个小时，时间这么紧，沙理奈当时真的急得不行，好不容易赶上之后才终于松了口气——没想到结果却是这样。设备有问题？那样的话出发前不就应该检查出来了吗？

好困啊！好累啊！哈欠一个接着一个打。

沙理奈虽然已经困得不行，身体晃晃悠悠的，大脑却异常清醒，想先眯一会儿却睡不着——可能是害怕错过广播吧。

忽然眼前闪过一个人影。欸？沙理奈忍住哈欠，总觉得好像在哪儿见过这个人——跑向公共电话的那个女孩儿的背影，一次次进入她的视线。啊，好像世绘啊——不，不是像，这根本就是她本人啊！

"世绘。"沙理奈喊了一声，女孩儿果然迅速抬起头来。

"天啊，是沙理奈。你怎么在这儿？哦，对了，你昨天说过今天要回东京。"

是的，世绘也是昨天通宵玩乐的成员之一。不过她吃完早饭后，明明说过今天要狂睡到傍晚的啊。

"你怎么也在这儿？"沙理奈想起刚才从登机口走向电梯时看见的那个女孩儿的背影，她和世绘的衣服是一样的，"难道你也坐了那趟飞往羽田机场的飞机。"

"是啊，就是那趟。刚才又飞回来了，你也坐的那趟？"

"是同一班机哎，我们竟然彼此没有注意到。话说世绘，你怎么突然坐这班飞机了？"

"事情是这样的，我和你们分开后就回家了，在八点前后的时候，来了个电话，竟然是东京消防局打来的。"

"东京消防局？！"

"我还纳闷对方要说什么事情呢，结果对方说：'请问是近藤吗？您的父母病危了。'"

"什么什么？！"

"没关系的啦，那是个大骗局。"

"骗局？到底是怎么回事啊？你详细点说。"

"就是说啊……"世绘看了看周围，发现刚才沙理奈坐的位置已经被带孩子的三口之家占了，"这里好像没什么座位了，我们去楼上吧。"

两人在三楼的美食一条街找了家快餐店进去，世绘要了瓶生啤酒，沙理奈顿时吓了一跳："世绘，你现在还能喝得下去吗？"

"应该不行了吧，只是觉得不喝酒就会很不爽。"

"也对，那我陪你好了，反正也是宿醉了。"

点啤酒的时候，正好能从观景窗看到东方航空的飞机起飞。沙理奈看了看表，正午刚过五分钟，航班比预计晚了十分钟，应该是飞往羽田机场的一〇八四次吧。那个腿毛大叔应该也坐在上面。

两人干杯后，世绘开始继续讲起来："我昨晚说过，我爸妈正在东京，只有我一个人在家。"

"嗯。"第一趴时，好像有个男生嚷嚷过今天干脆玩个通宵吧，结果当然是期望落空啦，"当时他们好像说，因为有个朋友的婚礼什么的，今晚才飞回御灵谷。"

"但我却被告知，我爸昨晚喝醉了跌倒在楼梯上，撞到头了。"

"今早打来的那个电话说的？"

"就是啊。还说我妈惊吓过度不能开口说话，让我一定要迅速过去一趟。竟然连医院的具体名字都说出来了，所以我才……"

"急急忙忙赶来机场？"

"太丢人了，我竟然就这么被说动了，一点都没怀疑过这可能是恶作剧。唉，我一世英明都毁在这件事上了。"

"谁被这么说都会变得很慌乱的。"

"可能因为我爸以前有过一次喝醉酒了之后睡在马路上，差点被车轧到的先例吧。我赶紧打车过来，大概九点到了机场。"

"那你比我到得还早呢。"

"我来时还担心买不到票，看到最早的十一点半那班飞机还有空位，总算松了口气。然而飞机起飞后居然又飞了回来，这叫什么事啊！我又心急如焚了。"

"就是说啊，我能体会你的心情。"

"下一班飞机的票又买不到，再下一班就是一点四十的了，急得我真不知道该怎么办才好，差点都要哭出来了。这时我才想，还是先给东京那边打个电话吧，所以刚才去打了电话。"

"这么说来，世绘，你是真的没有手机啊？"

昨晚，某个男生想套出世绘的手机号码时，她说自己因为害怕电磁辐射所以不用手机，当时还以为她只是找了个借口呢。

"是真的没有啊，虽说怕辐射什么的只是骗人的，但我真的挺怕用手机的。不过遇到像今天这种紧急情况，我就会觉得还是有个手机好啊。这倒算了，刚才我在楼下的公共电话试着打了一下……"

"往哪个医院打？"

"现在想想，好像是应该给医院打才对，不过我是打给了我爸妈住的旅店，然后转到房间，接电话的竟然是我爸！他悠闲地说着'世绘啊，怎么啦'之类的，好像他们正要退房呢。我当时就惊呆了。"

"所以今天早上的那个电话只是个恶作剧？"

"好像是吧，虽然我爸有点宿醉，但是还挺精神的。我妈昨晚完全没管我爸，早早就睡了。我当场就觉得，这个谎话说得真好啊，气死人了，还说什么东京消防局呢。"

"因为听上去确实很真实吧。对了，那个电话，是男性的声音吗？"

"嗯，而且感觉对方很年轻。"

莫非这个恶作剧电话，是昨天联谊的那五个男生之一打来的吗？沙理奈想到。他们也知道世绘的父母现在都在东京。不过，还是先不发表意见为好。世绘早晚也会想到这个可能性的，现在说出来反而会搞得不愉快。

"啊！票我还没退呢！"

"喂，世绘，反正都这样了，不然你就跟我一起去东京吧。"

"看你这么撒娇的口气，我还以为你究竟要说出什么来呢。"

"来嘛，再多玩儿一下嘛，今晚可以在我家住啊。"

"你不是住在亲戚家吗？"

"那当然是骗他们的啦。"

"哈哈，那我就去东京住一晚好了，可能是真的被你诱惑了吧——不过还是不行啊，我明天有事必须得去大学露一面。"

世绘现在在当地的一所女子大学上学。

"真的吗？你不是背着我们交了男朋友，要去约会吧？"

"你就尽情想象吧。话说沙理奈，你没有改签机票？"

"嗯。"不过她的声音完全被接下来的广播声给盖住了，"下面为您播报的是来自新日本航空的通知。乘坐原定十一点出发飞往羽田机场的二〇四航班的各位乘客，该机现在正在进行机体检查，预计十四点，即下午两点出发……"

"哇——"沙理奈仰望天空，"刚才还说一点呢，这也差太多了吧！照这样下去的话，到底什么时候才能走啊？"

"……十分抱歉耽误了您的宝贵时间，恳请大家继续在候机厅内等待。"

"两点的话，就在二〇六次之后了，真是的，早知道的话我还不如换票呢。"

"现在去办改签手续？"

"算了，太麻烦了。"沙理奈自暴自弃地大口喝起啤酒来。

"都已经这样了，我干脆等到最后得了。"

"那我就再陪你等一会儿。要不要吃个午饭呀？"

41

"不在这家店里吃吗？"

"比起这些三明治来，我现在特别想狂吃寿司。"

"你好豪放啊。"

"知道我爸妈没事时就大大松了口气，可能是这个原因吧，忽然很想疯狂地浪费一下。"

两人进了寿司店，坐在吧台旁。沙理奈查了一下手机上的收信记录后，自然地就把手机放在了吧台上，可世绘却目不转睛地盯着手机看。

"我能看一下吗？这个……"世绘说着，用手指触了触粉色小兔子形状的手机链，"这是哪个动画片里的角色吧？"

"嗯，去年秋天上映的，我去看的时候在电影院的商亭里买的。这个怎么了？"

"最近好像在哪儿……"世绘低头沉思着，说道，"感觉好像见过或者听过这个手机链的事情……啊，是昨晚！"

"在KTV的时候？"

"不是，是第一趴时。谁说的来着，想不起来了，说是元旦时不是有个女人被刺杀了吗……"

"那件事啊，就发生在我家附近。我妈可害怕了，成天提心吊胆的。"

"据说是被害者的手机落在现场了，那个手机链和你的一模一样。"

"欸，你们昨晚还聊这件事了？"沙理奈正往嘴里塞着沙丁鱼、幼鰤、鸟蛤。她边吃边说："我怎么一点印象都没有，难道正好是我出去上厕所的时候说的？"

"可能吧。"

"这事我还真是头一次听说，是真的吗？有新闻报道吗？"

"不知道，可能只是附近的传言吧，好像是哪个男生说的，可能只是为了炒热气氛硬想出来的话题吧。不过大家都是一副'哦，那又怎样'的反应，所以也就没再继续聊下去。"

其他客人的来去频率很快，两人却很悠闲地聊天，再说了些同学们的八卦之后，她们走出了寿司店。

"那就再见了。"世绘伸了个懒腰，"我可能要先回家了。"

"嗯，我也要去登机口做准备了。"

看了看表，现在是下午一点三十分。早先出发的东方航空一〇八四航班应该已经到达羽田机场了吧。正想到这儿，沙理奈忽然感到一种异样的气氛。她抬起了头，望向四周。一个年约四十多岁的男子站在那儿，穿着衬衫系着领带，乍一看像个平凡的上班族，平凡到你视线掠过他的下一秒大概就会忘记他长什么样子。至少，他没有一点能让沙理奈感兴趣的地方，可沙理奈对他却有十分微妙的感觉。他刚好也正看着手表，接着又慢慢地掏出手机，像是要查看一下信息的样子。

忽然，那个男人的目光与沙理奈的目光相遇，不知他是抱着怎样的想法，像是见到了故时的知己一般，微微扬起嘴角，露出一丝微笑。沙理奈不知为什么有种不祥的预感，当即想赶紧躲开，可那个男人的身影却无法从视野中消失。

沙理奈此时像陷入一种被锁定的状态。世绘轻轻碰了碰她的手腕："沙理奈，你看。"

回过神来的沙理奈朝着世绘指的方向看过去，二层候机厅的大屏幕前聚集了好多人。画面上以新日本航空的飞机为中心，周围好像是机场的景象。飞机周围停了好多从没见过的车辆，给人一种戒备森严的感觉。画面左下角打着"转播"的字样。

"那不就是这里吗？"

被世绘这么一说，沙理奈才终于反应过来。确实，画面上的就是御灵谷机场，应该是从屋顶的展望台上拍下来的画面。

"——大家现在所看到的是来自御灵谷机场的转播画面。"男性播音员的声音传来，"据机场相关人士透露，今天有人打电话到机票预订中心声称，十一点从御灵谷飞往羽田的新日本航空二〇四航班上装有炸弹。"

沙理奈和世绘面面相觑。

"电话中称，炸弹被藏在行李中，因此二〇四航班起飞之后又立即返回了御灵谷机场。现在，机上乘客已经全部疏散，警方正在对机内展开仔细的搜查。"

"炸弹……"

"可是，这样的事情，"沙理奈撇了撇嘴说，"明明就是恶作剧嘛。要是真的在飞机上装了炸弹，干吗还特意告诉你啊。正在搜查的那些警察们估计也是这么想的吧。"

"也有可能，但万一是真的呢。"

"——因此，二〇四航班，"男性播音员继续说，"在确认了机体安全后就会再次出发。"

"看吧。"

"沙理奈，你可真是胆大啊。"世绘愣愣地看着身边这个淡定的朋友，"再怎么确认安全，那也是受到炸弹威胁的飞机啊，你就这么坐上去，不害怕吗？"

"还好吧，虽然心里也多少有些不舒服。"

"下面播报新日本航空方面的消息。"广播的声音再次传来，"原定十一点出发，飞往羽田机场的二〇四航班，预计在十三点四十五分，即下午一点四十五分开放登机。请各位乘客到二楼的候机厅附近等候。"

"那，我就走啦。"

"小心点儿。"

"拜拜。世绘，下次春假的时候一定要来找我玩啊。"

和世绘告别后，沙理奈便去排队等候安检。人太多了，队伍一点也没有前进的意思。总算进了候机厅，已经是一点五十了，不过好像还没开始登机。真是的，不会又要延迟吧。沙理奈正在不耐烦，余光却又扫到了那个人影。

又是那个西装男，他什么时候也进候机厅了？他的目光正不停地在自己的手机和候机厅的电视屏幕间转换，还偶尔看看登机口上方的提示板。

那个人在干什么呢？沙理奈很困惑，自己怎么会生出这样的疑问。在干什么，人家当然是在等着登机啊。虽然这么想，可他总是有种和普通人不一样的感觉。那个男人的存在让她感觉很不舒服——好像不是人类，而是个机器什么的。

"测量仪"——这个词一下就浮现在沙理奈的脑海里。这时她的电话响起，是个陌生号码，发着呆的沙理奈没有多想便接起了电话。

"呀，小兔子。"

上来就用这么亲密的语气说话，声音却像是通过变声器，或是经氦气处理过似的，尖锐得让你分辨不出对方的性别和年龄。

"你还好吗，粉色的小兔子？"

"说什么呢！"沙理奈打了个寒战，换上严厉的语气。

"你谁啊！"

"小兔子的手机链，粉色的手机链，手机上绑着粉色小兔子的女人是要被杀的。小兔子的手机链……是要被杀的。下一个是谁呢？下一个是谁呢？嘿嘿，嘿嘿。"传来一阵奸笑。"下一个被杀的会是谁呢？下一个小兔子是谁呢？小心点儿，哈哈哈，小心点儿。"

"——下面为大家播报由新日本航空和东方航空向飞往东京的乘客发送的紧急通知。"

听到广播后沙理奈才回过神来，意识到自己刚才的恍惚，不禁咋舌，挂断了电话。

"现在，羽田机场发生了一起重大事故，为您重复一遍，羽田机场发生了一起重大事故，机场跑道已被封闭，机场跑道已被封闭，目前还没有恢复的迹象。"

在充斥着不安和困惑的嘈杂声中，沙理奈注意到了一个男子，仍保持着他的冷酷和镇静——是"测量仪"。

"因此，本日飞往东京的全部航班都将停飞。下面重复一遍，新日本航空公司和东方航空公司预计本日飞往羽田机场的全部航班都将停飞。耽误了您的宝贵时间十分抱歉，请大家理解。"

"快看！"不知道是谁大吼了一声，候机厅里所有人的目光瞬间都投向了大屏幕。重播中的电视剧画面下方，滚动播放着紧急新闻的字幕。

"——十一点五十分由御灵谷飞往羽田的东方航空一〇八四航班即将在羽田机场着陆前，于空中发生爆炸。"

沙理奈下意识地用双手捂住嘴，手机从手中滑落。四周的悲鸣声此起彼伏。

"爆炸引起的大火现在仍未扑灭，机场跑道已被封闭，灭火行动正持续进行中，但一〇八四航班上的机组人员及乘客生还希望渺茫。"

画面像是家用摄像机偶然拍下来的，看上去应该是从展望台的角度拍摄的。首先映入眼帘的是机场跑道，然后一架飞机从画面的一端出现，像是沿着走钢丝的绳索一样缓缓逼近画面中央。

这就是东方航空的一〇八四航班。机体出现在画面中，降落到距离地面仅有五十米的上空。

忽然，录像画面中闪过一束耀眼的白光，随之而来的是巨大的噪声。一瞬的黑暗画面后，被火焰包围的机身就这样直接撞向了地面，摔在了跑道上。机首和机翼向各个方向弯曲着，就好像是临终的巨蟒在地上打滚一样，周围转眼变为火海。

"请大家注意，您现在看到的绝对不是电影中的片段。"随着播音员的大叫，画面切换成了专业摄像机所拍到的场景。大量消防车正围着仍在散发着滚滚黑烟的飞机残骸喷水，可似乎是在嘲讽这拼命卖力的灭火行动一样，机体简直就像蜡烛一样脆弱，转眼就崩塌了，特种车辆的红色信号灯也渐渐消失在灰色的粉尘中。

"今天下午一点三十分，即将降落在羽田机场的一架客机突然爆炸，坠落在跑道上。机体大火尚未扑灭。请看，机体几乎是从正中央断成了两节，残骸仍在不断向高空喷出血红的火焰和暗黑的浓烟。烟雾逐渐弥漫到高空，遮住了一大片天。超乎想象的景象正在我们眼前发生。"

临时插播新闻的画面下方打出了"恐怖袭击？"的字幕。

"爆炸的飞机是从御灵谷飞往羽田方向的，东方航空一〇八四航班。从现场情况来看，二百八十三名乘客以及九名乘务员全都无望生还。这是羽田机场自启用以来所遇到的最大的惨案。"说到这儿，播音员的声音忽然被一阵杂音干扰，画面也陷入了一片混乱。"喂——喂——喂——不久前还有人打恐吓电话到御灵谷机场的订票中心，称预计在一〇八四航班之前，飞往羽田的另一家航空公司的飞机上藏有炸弹。机场方面迅速应对，令该航班返航并让乘客下机，对机内进行了紧急检查。目前，当局正在急速调查本次的爆炸是否与此有关。另有知情人士指出，从爆炸时机体分解的样子和燃烧的剧烈程度来看，可能不是燃料泄漏事故，而是使用爆炸物来进行的恐怖活动。政府正在全力调查事件的真相。啊？请稍等，现在为您切换到在首相官邸进行的采访。中川先生，在首相官邸采访的中川先生……"

回过神来时，沙理奈已经坐在出租车上了。夜幕已经落下，车窗外一片漆黑，好在还能分辨得出自己是在回家的路上，只是完全想不起自己是什么时候走出机场的了。

　　往旁边一看，司机的后面竟然还有一个人影——是"测量仪"。这究竟是怎么回事！自己为什么会和他在一辆出租车上呢？沙理奈真的是怎么也想不起来了。街旁的霓虹灯像融化的颜料一样流向后方，在"测量仪"的脸上刻下独特的阴影，不过也将那存在感本就如幻影一般的男子刻画得更加稀薄了："今天的恶作剧电话可真是多啊。""测量仪"的语气就像家人聊天一般亲切。"先是说你本来要坐的二〇四航班有炸弹，迫使飞机返航的那一通，然后又是你朋友收到的说其父亲病危，害得她跑来机场的那一通。"

　　这个男人怎么会那么了解别人的事情呢？沙理奈虽然很惊讶，但自己并没怎么动摇——说不定是自己跟他说的呢。

　　"然后，又有人给你打电话说，带着小兔子手机链的女人会成为下一个目标，让你小心点儿。"

　　"那都不是什么大事。"虽然听上去很害怕，但沙理奈还是冷静地回答道，"至少手机链那件不算。"

　　"你不怕打电话的人会对你不利吗？"

　　"那家伙应该没那么大胆子。"

　　"你知道是谁？"

　　"不知道具体是谁，但应该是昨天一起聚会的那些男生之一。"

　　"噢……"

"他应该在我去洗手间的时候偷翻了我的包，进而知道我和元旦被杀的那个女人一样都有小兔子的手机链。当时只是偶然有这个印象吧，到了今天才会变成恶作剧的根源。"

"可是你应该没告诉其中任何一个人你的手机号吧？"

"可能是看见了手机链之后查到的吧，虽然我没有试过，但可能手机里有一个功能是可以显示本机号码的。不过，我离开的那一小会儿，能查得出来吗？也可能是之后花了一晚上时间找关系问出来的吧？不管他了，我只是不理解他们为什么就这么讨厌我呢？"

"这不是早就有答案了吗？"

"欸？"

"因为你们对他们那么瞧不上，不管他们怎么拜托，你们谁也不肯留下手机号码，而且连接下来的第二趴也没有去就全都逃走了。"

"等一下……"沙理奈不禁要嗤之以鼻了，"他们至于吗？"

"如果女性不按自己的想法去做的话，男性的自尊就会被摔得粉碎，这是很切实的感受。"

"无聊，他们也太白痴了。"

"是的，这很无聊。不过意外的是，这些电话可能都是同一个人打的。"

"什么？"

"打电话说手机链的那个人，还有往机票预订中心打电话说有炸弹的人，可能都是同一个人。"

"这也太奇怪了吧？！"沙理奈极力想掩饰身上的寒战和自己的狼狈，却怎么笑也笑不出来，"也就是说，那个恶作剧的电话可能是针对我的？不是吧？为什么要这样？"

"可能是因为知道你今天返京，所以特意给你制造点混乱？当然，这人肯定也知道，反正飞机上是不会有炸弹的，航班总会恢复，所以他并不会真的要阻止你回东京，只要能扰乱你的计划、让你困扰一会儿就算赚到了，不是真的想让你怎样。"

沙理奈不想全盘否定这种想法，沉吟着："但他是怎么知道我会坐哪班飞机呢？"

"想知道这个根本不用费劲，他亲自到机场来就好啦，可以偷看你在哪里办登机手续，还可以等确认你上了飞机之后再往机票预订中心打电话，也不晚。"

"那家伙也在机场？"

沙理奈自己嘟哝着，开始思考着到底昨天那五个人里谁会是"那家伙"，可完全想不出来。难道是那个一直纠缠着要电话号码的人？可他的名字也好，长相也好，自己完全记不起来了。

"继续分析下去的话，给你朋友打电话，说她父亲病危的人也可能是同一个人。"

"骗世绘的人？"

"也可能是五人中的其他人，但不管是谁动机都是一样的。不管怎么哀求，你们都不肯留下联络方式，当然了，她可能是真的没有手机，但也没有参加第二趴就回去了，在那个人看来，她可能和你一样令人憎恨。"

"恨世绘的那个人应该和恨我的那个人不同吧？明明是想骗世绘去东京，可要是真像他蛊惑的那样，世绘坐上了二〇四航班，她不是又回来了吗？如果是同一个人的话，应该不会做这么自相矛盾的事吧。"

"还是有可能是一个人的。因为对他来说，只要把世绘骗到机场来就成功了。毕竟她走出家门前，也是有可能意识到这是个恶作剧的。"

"是吗……也可能是这样啊……"

"或者，也可以这样想，打电话的人，不是计划让你的朋友坐上二〇四航班，而是想让她坐一〇八四航班。"

"为什么呢？"一〇八四航班爆炸的影像鲜明地在脑海中回放，沙理奈有了一种作呕似的不祥之感。她的声音一下子变得尖锐起来，"不是的，世绘接到电话是今天早上八点，而从她家到机场，打车的话只有四十五分钟的距离，堵一点的话顶多花个五十分钟。事实上，她说她九点前后就到了机场，完全来得及坐上二〇四航班。"

"你是说在二〇四有余票的前提下吧？"

"嗯……"

"可能他已经通过某种方法知道，二〇四已经满员了吧。比如……"

沙理奈感到很困惑，她丝毫不相信"测量仪"的这些自言自语。那都是很明显的事，但他为什么要特意讲出这些假设，特意说出这些和自己根本无关的废话呢？还有被这些废话莫名吸引的自己，她同样无法理解。

"比如说看了前一天的本地新闻后，他打电话向机票预订中心确认过了。二〇四之前有一班飞往东京的飞机是七点五十分的，所以八点打电话的话，你的朋友就应该是坐十一点四十分的二〇四航班。但如果那趟满员的话，就只能等下一班的一〇八四了。即使因为爆炸警告，二〇四被迫返航，对此也不会有所影响。有很多种可能啦，当然，给你打电话的也可能是另外一个人，毕竟昨晚有五个男生参加了聚会。"

"也就是说昨晚的聚会上，可能有两个人是变态预备军喽？"

"男人全都一样的，只要女人不按自己的想法去做，就很容易被自虐的情绪伤害到。可是，想要重拾破碎的自尊实在太难了，于是他们从一开始就装出一副没有受伤的样子，而为了达到这个目的，用报复女人的方法来蒙混过关就是最好的出路了。这就是人们常说的被对方反咬一口的情况。"

"虽然没有那么年轻，但你也是……"此时，出租车停了下来。沙理奈往窗外一看，自己的家已经到了。车门是自动开的，她立马就下了车，"你也可能是那种因为受伤而报复他人的人呢。"

"你这是什么意思？"

"意思就是，今天下午大概两点差几分的时候，你在登机口处的举止很可疑，视线不停地在电视画面和提示板之间转来转去，好像在新闻播出之前就已知道一〇八四航班出事了一样。"

"测量仪"什么也没说，一动不动地坐在出租车后座上。

"往一〇八四航班上放炸弹的人难道不是你吗？你那时候在

看短信，那就是你的同犯向你报告恐怖袭击成功的消息吧？"

此时车门关上了，车内那个瞥向窗外的男子的脸，鼻子以上的部分都隐藏在了黑暗中，唯有他那洋溢着神秘微笑的嘴唇仍在光影中浮现。

看着离去的出租车消失在夜色中，沙理奈进了家门。父母都在，现在已经是晚上九点了。父母可能是看了新闻吧，正激动地谈论着羽田机场的惨案。看着本应回京的女儿又回来了，很自然地接受了这个事实。母亲也没有责怪她——既然没事就应该早点让家里知道之类的。沙理奈觉得，虽然还是没有清晰的记忆，但自己从机场回家的时候，应该已经提前告诉家里了。

虽然因为睡眠不足，沙理奈的脑袋已经开始迷迷糊糊的了，但她还是不想去睡觉。就在她磨磨蹭蹭地待在客厅里时，家里的电话响了，离得最近的沙理奈顺手接了起来。

"喂——"只说了这么一句，那边就没动静了，只能听到很紊乱的呼吸声，终于又传来了"嗯嗯"之类的好像因为感冒而喘息的声音。

"喂？谁啊？你在说什么？"

沙理奈很生气，便用了近乎恐吓的口吻说道。可是对方发出的仍是那像恐怖电影的背景音乐一般的抽泣声。难道又是一通恶作剧电话？

"是……我……好害怕……我好害怕……"

电话里总算蹦出了正常点儿的说话声。

"世绘？"听起来好像是世绘，"你怎么了，世绘？"

"究竟想干什么？我不明白他们究竟想干什么？好害怕……我好害怕啊。"

怎么突然变成这样了，又发生什么事了啊？明明刚才在机场的时候还好好的，沙理奈十分困惑。忽然，沙理奈仿佛得到了上天的启示一般，脑中闪过了一个想法……

"世绘，放心吧。我明白了，我全都明白了。"

"欸？"

"你先等一下。"沙理奈先把听筒放下，然后大声喊道，"爸爸，帮我把昨天的报纸拿过来。"

虽然嘴上抱怨着很烦，但爸爸好像很乐于被女儿支使似的，兴冲冲地拿来了昨天的晨报。沙理奈赶紧翻开确认，果然如她所料。

"世绘，你先冷静一下，听我说。你回家之后，又有人给你打了很奇怪的电话，是吧？"

"嗯，是的……"听到世绘不停地啜泣，沙理奈不禁将力气集中在了腹部。

"可是……可……可是……"

"那家伙都跟你说了什么，让我来猜猜看吧。是不是说什么往一〇八四航班上放炸弹的人就是他，他的目的就是要杀死你之类的？"

电话另一头沉默了几秒："是……是的……"世绘似乎在拼命忍住不哭，"为……为什么……沙理奈，你怎么知道的？"

"果然，真是这样的啊。世绘，你不用担心了，那只不过是他们故弄玄虚罢了。"

"为什么呢？"世绘的声音稳定了一些,似乎还带了几分怒气。"打电话的那个人是这么跟我说的:'你还真是捡回了一条命啊。'我想,他指的应该是今天早上的事吧,想让我连同其他乘客一起坠机。所以……"

"那家伙后来又说了什么,让我再猜猜吧。他是不是说,你坐上了二〇四航班,所以他才又打恐怖电话说二〇四上有炸弹,这样一来,你就应该会坐下一班的一〇八四了。他是这样说的吗?"

"是……是的。"

"可在你换票之前,一〇八四航班就满员了,你还真是运气好呢,捡回了一条命——是不是还这样说了?"

"是啊,就是这么说的。"世绘又开始哭起来,"他还说:'我是绝对不会放过你的,你给我小心点儿!'"恐惧似乎再一次侵袭了世绘的心,她突然顿住了,"现……现在我自己在家里,因为这次的事件,去羽田机场的航班已经全部停飞了,爸妈在东京也回不来,只有我自己……沙理奈,我好害怕啊,我真的好害怕啊!"

"你先冷静一下,听我说,那只不过是他们在故弄玄虚而已,他们编了一个巨大的谎言,我现在就把证据指给你看。"

"证据?"

"你去拿报纸来,昨天的。"

"昨天,是五号吧?"

"对,快一点。"

过了一会儿："喂，我拿来了，和这有什么关系呢？"

"当地信息栏里写着从一月六日也就是今天开始的一周内的机票预订情况，你看一下今天去羽田机场的那部分，只看二〇四和一〇八四航班就好。"

"预订情况……"

"二〇四那儿画着'〇'，也就表示剩余座位三十个以上，而一〇八四那儿画着'△'，上面的注释是'剩余座位不足三十'。"

"这怎么了？"

"给你打威胁电话的那个人应该也能看到这个吧？至少，为了要让事情按计划顺利进行，他没理由不看这个的。那你仔细想想，如果他一定要让你坐上一〇八四号的话，会在什么时候给你打电话，告诉你父亲病危的假消息呢？"

"这……"沙理奈感觉到世绘好像要说什么，听起来她的声音明显冷静了一些，"应该是在我绝对赶不上二〇四航班的时间打过来。"

"对，就是这样。所以，不论怎么想他都不应该在早上八点就打电话过来。如果要让你错过二〇四航班的话，最早也要十点以后再打才对，也就是说，那个人根本就没有让你坐上一〇八四的意图。"

"那……究竟是怎么一回事呢？"

"只要把你骗到机场，他就应该达到目的了吧。虽然你对他说的话毫不怀疑地匆忙奔去了机场，但也有可能在那之前就给你父母住的宾馆打确认电话了，对吧？"

"是啊，对的。"

"所以，你接到的这个恶作剧电话，二〇四航班的爆炸警告，还有一〇八四航班的爆炸事故，这些本来都是单独的事件。可是，有人却硬是想把这些事情扯到一起，这个人当然就是给你打电话的那个男的。我们暂且把他称作A。他的目的就是要给你找麻烦，就只是这样而已，他可没有杀人的那个胆儿。只不过是看着你惊慌失措的样子他就偷着乐了，也就是这么个程度。"

"嗯。"世绘终于冷静了下来，声音也恢复了生气。

"而打电话说二〇四航班会爆炸的那个人，我们把他称作B好了。我还不清楚他的目的。"有可能是想给沙理奈找麻烦，但也不能断言，"他也就追求个刺激罢了。如果一〇八四航班不是事故的话，那么也就存在着C，可他绝不是A和B那样的人，和他们应该都不是一个次元的，而是真正的恐怖分子。也就是说，给你打电话的A，只是借着C狐假虎威而已。"

"他看了新闻才知道羽田机场的惨案，而且发现我也有可能坐上那架飞机。"

"所以，他就利用这件事来恐吓你。"

"但他究竟为什么要这么对我呢？"

为了要体会一下，那种用一个谎言就可以把不听自己摆布的女生愚弄蹂躏的快感——沙理奈本来想要这样回答的，可是她犹豫了。不难想象，这次的电话事件让那个人站在了旁观者的立场上，多多少少获得了一些支配感和满足感。想到这里，无尽的厌烦感便让沙理奈抑郁不已。

玩具 ————————

"……这儿？"

贞广华菜子轻声嘟哝着，从小轿车的后排座位下来，低头思索，不安地环视着眼前这座古老的二层水泥房。虽然看起来主人并不在家，自然不会有人的气息，可一点儿也感觉不到这儿曾经有人生活过，这着实有些诡异

华菜子一边摆弄着红色毛衣的衣领，一边四处张望。积着雨水的土路对面只有三户民宅，各个都像是废弃已久的破屋，要么是窗户玻璃碎了，要么是还贴着二十几年前的选举海报，要么是门破得只剩下坏掉的门框了，却还挂着南京锁，甚至有的是杂草长得快把房子给淹没了。除此之外，完全看不到其他房屋。真不敢相信，这儿和自己住的地方居然在同一个城市内。这里简直就是荒芜的边界。

合了合短外套的前襟，华菜子沿着这栋二层楼的围墙走到了后院。里面杂乱地堆着旧轮胎，还有拆毁的汽车零件。本以为只

是块空地，没想到凹陷的土坑却俨然画出了一道边界线，让人觉得这里曾经是田地或苗圃，却被毁灭被掩埋而变成了今天的废品场。堆积成山的破旧轮胎对面，堤坝挡住了灰色的天空。从华菜子的位置看不见海，但她却可以听到些许海浪声，不时地感受到飘过来的阵阵海风。

尽管是白天，却一个人影都没有。刚才车子开过来的时候，透过窗子还能看见一群寻找垃圾的乌鸦，现在连那黑色的身影和叫声都不见了。为了抖落这不祥的预感，华菜子狂乱地抚弄着她那栗色的头发。

"这……应该叫什么极致气氛……是吧？"浦部棹儿说着，从副驾驶座上走了下来。可能是有点紧张吧，他平时那么装腔作势那么骄傲，现在却有点吞吞吐吐，"真是像极了恐怖电影的开头。"

"这么看来……是不是不太合适？"阿东诚志郎从驾驶座上下来，可能是在意被泥水溅到了，粗犷的面孔上露出一副不相称的神经质般的表情，仔细查看着车子的轮胎。

"能喜欢这么恐怖的地方，"棹儿又找回了平时的调子，讽刺地耸了耸肩说，"而且还一个人住在这儿的怪物，应该没几个吧？"

"不是说这个。"阿东直起上半身，威胁般恶狠狠地瞪着棹儿。"这里真的就是你要找的地方吗？按破旧程度来看，这几个房子都差不多，不会是那边那三栋中的一个吧？"

"不会的，已经说了是后门对着马路的那一栋，所以藻原家就是这儿了。虽说这房子真正的主人好像是叫岛还是什么。"

"嗯……"阿东像是在炫耀着自己强健的体魄，一手就把棹儿推开，站到了华菜子身旁，"无所谓啦，可为什么这个大门不是对着马路，而是对着一片空地呢？"

原来，刚才华菜子以为是后院的地方，其实是这个家的正门。回头一看，果然门柱正对着那座旧轮胎堆成的山，门牌上写着"岛"——是这儿没错。大门的旁边是走廊，玻璃窗上挂着的窗帘紧紧合着，毫无缝隙。

"我不是特别清楚……"虽然痛得眉头紧皱，但棹儿还是悄悄地摆出一副要打阿东后脑勺的姿势，"当初建房的时候，可能是因为这边计划要开通一条新路，所以这样建的吧？"

"欸？照这个样子，一百年也开不通新路吧！"

"后来中止了。这可能也是这边如此荒凉的原因之一。不管怎样，把女孩子绑架到这里来，是再好不过的选择了。"

棹儿的一句话，让华菜子立马后背发凉，紧张不已。真的……真的就是这座房子监禁了真纪吗？


国生真纪，二十岁，高中毕业后复读了一年，本来打算考个名校的，却因为贪玩失败了。她后来完全放弃了升学的念头，现在的身份是所谓的家务帮手。可能因为她有个钱多交际圈又广的老爸，所以门路不少，常常找来各种男生来和自己的朋友联谊，算是个以组织聚会为乐的女孩子。而她在私立初中和高中的同学华菜子，是联谊的老队员之一。虽说现在已经在当地一家大型百货公司上班了，但每到年末这种想恋爱的季节，她都常常被真纪约出来参加联谊。

直到有一天，真纪忽然失踪了。

那已经是去年年末的事了。

去年的十二月二十九日，华菜子本来是想问问真纪除夕活动的事情的。那次旅行虽然打着迎接新年第一束阳光的旗号，但本质上还是联谊。华菜子怎么也打不通真纪这个组织者的电话，问了问其他常去参加联谊的人，说是平安夜之后就联系不上她了，人似乎也没回家。真纪的父母本来还乐观地以为，她可能去同学家了，开始还不怎么担心，但最后到底还是报警了。

说到平安夜，真纪组织了一个活动，内容当然还是百玩不厌的联谊。华菜子也参加了。女生阵营还是之前的熟人，但可能是因为男生队伍里出现了新面孔的原因吧，气氛空前热烈，真纪看起来也特别满足。华菜子还记得，去卡拉OK续摊时真纪还在的，她在几个学生似的男生中发着嗲。见不到真纪应该是再次续摊后的事了，好像是她和那些男生中的谁特别情投意合，单独行动去了。虽说是组织者，但并不需要一直照顾大家直到解散，聚会中途撤离也不是什么新鲜事，所以不仅是华菜子，其他人也不觉得奇怪。

可大家却都记不清，最后和真纪在一起的人究竟是谁了。联谊之后，如果没有开始交往的话，就不会特别记得参加者的来历了。那些新面孔是谁，也只有真纪才知道。华菜子被警察叫去讯问过，却也提供不出什么有效的证言。什么进展都没有，新年就这么过去了。就在大家都担心真纪会不会出什么事的时候，一月三日，新闻上出现了这样一个标题——"年轻女子被杀"。

一瞬间被吓到的不只是华菜子，不过报道上被害人的照片并不是真纪，而是在市内独居的一位三十岁上下的ＯＬ，据调查应该是在所居住公寓的停车场遇害的，时间大概是在除夕夜到元旦的早上之间。被害者的周围并没有人听到什么特殊的吵闹声，也没有发现衣服凌乱或者随身携带的物品被盗的迹象，所以很可能是毫无理由袭击路人的道匪所为。大过年的，就算是多事也该有个限度吧，可对于自己的朋友尚行踪不明的华菜子来说，她无法把这件事当作别人的事置之不理。

　　"不管怎么说，这样的时候，唉……真是被泼了盆冷水啊。加代子你也真是可怜，对不起啊，这个时候实在没办法庆祝。"

　　村山加代子也是真纪的高中同学兼好友之一。今年春天大学毕业再加上结婚，虽说还没发出请柬，但她本来一定是计划着要邀请真纪的吧。心里实在平静不下来。

　　"真纪失踪之后，已经过去差不多三周了。"真纪本来也该参加的成人式刚刚结束，棹儿说了些不吉利的话。"如果被卷入了什么事件的话，那她应该已经被杀了吧？"

　　华菜子一句话也没说，使劲掐了一下毯子里棹儿的阴茎。他痛苦得扭了扭光着的身体，轻声说了句"对不起"。此时，两人正在棹儿的房间里。

　　浦部棹儿是高二的学生，也是去年参加平安夜联谊的新面孔之一。两个人就是那会儿认识的。他看上去是个家境很好的少爷，家里除了有很大的房子住以外，还单独建了书房。自从圣诞那天早上被他花言巧语骗上床之后，华菜子就一直住在这个带盥洗室和浴室的房间里。她心情极好，几乎每天都泡在这里。

"本来有些很严肃的话想说，希望你不要介意，但看来刚才的话已经让你很生气了。"

"你要说什么？"华菜子停住了在棹儿大腿根部抚摸的手，抬起头来问道，"是和真纪有关的吗？"

"嗯。我之前不也说过，我母亲是在培训中心做钢琴教师的……"

棹儿的母亲——用一句话形容，就是一位华丽的贵妇。四十岁的她有着匀称的身材，散发着男人们无法抗拒的魅力。华菜子只是住在这儿，早上出去吃早饭的时候见过她一次。不知道是因为她本身性格比较随和，还是对儿子采取彻底放任的态度，看着还是高中生的儿子理所当然地带陌生女子回家，却连眉毛都没动一下。棹儿每次要零花钱，她都特别轻松地拿出好几张大额纸币。与其说是母亲，倒不如说是个金主。而且，最让华菜子不舒服的就是，棹儿母亲的名字叫加奈子，和她的名字同音。

"年初的时候，她那儿来了一个特别奇怪的学生。"

"奇怪？"

"是一个叫藻原的男人，应该不到三十岁，职业不祥。他从出生以来就没有正经学过钢琴，却说要在一个月之内掌握通常要学四五年才可以练成的演奏技巧。"

"为什么要那么着急呢？"

"说是因为想要弹给现在和他住在一起的女人听。"

"啊？什么啊，想拿这个当噱头？"

"他本人看上去特别认真。问题在于，和他住在一起的那个姑娘叫做'maki'。"

"欸……"

"听我妈说，男人所描述的同居女子的那些特征，特别像国生真纪。"

"欸？什么？"华菜子噌的一声坐起身来，连露出的胸部也没遮，"你说什么？"

"我也很吃惊，便拜托我妈委婉地问出姓氏，结果那男人说的姓就是'kokusho'。"

"欸？"没想到自己这么担心，结果却是这样一个浪漫的结局。华菜子瞬间感到十分乏力，"那……真纪是和那个男人私奔了？"

"谁知道呢。我没见过那个男人，所以也没什么可说的。不过听我妈说，也可能只是他的脑内恋人。"

"脑内？哦，就是虚构的啊。"

"对，可能并没有这样一个人，只不过是他自己幻想出来的女朋友。至少我妈感觉，他像是那种活在妄想世界中的危险人物。"

"也就是说……"华菜子把手放在自己的太阳穴上，挠了一下后说，"这里有问题的人？"

"可是不管怎么说，那也只是我妈的印象，实际情况如何我们并不知道。可是，既然他说得出国生真纪的名字，那会不会……这个叫做藻原的人会不会知道有关真纪失踪的事情呢？"

"喂，棹儿，这么重要的事，你应该早一点告诉我啊。"

"我是想至少也要确认了名字再告诉你啊。毕竟这件事非同小可，而且即使那个男的所说的并不是妄想，也有可能他们并不是在欢快的同居……"

"嗯？你这是什么意思？"

"我是说，如果真纪真的和那人住在一起，可能是自愿的，也有可能是被绑架之后监禁在那儿……"

"别说了！"想到真纪被绑住被拷问的画面，华菜子忍不住哭了起来，"如果真的是那样，我们究竟该怎么办才好呢？"

"总之，首先要确定事情的原委。"

"怎么确定？"

"直接去问本人？"

"本人？"

"那个藻原啊。"

"哦。"棹儿说得太过轻松，华菜子反而有点愣了，"你是说真的？"

"可以让我妈给介绍一下，找个类似的借口。"

虽然觉得有些大胆，但光是自己烦恼也不会令事态发生变化。所以，华菜子决定通过棹儿母亲的介绍，直接去见那个叫藻原的人。虽说白天待在咖啡店内绝对不会有危险，但一个人还是觉得很害怕。于是，华菜子决定让棹儿陪她一起去。

藻原给人的第一印象意外的普通——一身干净利落的打扮，五官很端正，体型也很结实，看起来绝对不像个沉溺于妄想中的人。如果在什么也不知道的情况下和他见面，自己说不定会很轻易地被他吸引。只不过在交谈当中，藻原眼都不眨一下地盯着华菜子看，那眼神让人很不舒服。或许这是先入为主的感觉？

"突然叫您出来，真对不起。我想请问您，知不知道我的好朋友国生真纪的事。"

面对华菜子单刀直入的提问，藻原无声地伸出了手掌，看着因他突然做出的动作而困惑不已的华菜子，用含糊的口吻问到："名字？"

"啊，对不起，我姓贞广。"

"名字呢？"

华菜子报上名字后，藻原竟然还继续追问究竟是哪几个字。

"老家是？"

"哦，我是本地人。"

接着，他又继续问了住址和电话号码之类的——华菜子终于受不了了。

"请等一下，回答这些问题似乎有点……"

"你在说什么，这不是很正常的事吗？"

"啊？"

"我没办法和来历不明的人聊天。"

"这……虽说是这样……"果然，这个人开始慢慢地发挥他的特异功能了？华菜子忍住没说出这句话，微微笑了笑，"我可不是什么怪人，知道这些您是不是就可以信任我了？"

"你究竟想问什么重要的事情？"

"我有一个叫国生真纪的朋友，现在失去了联络，想问您知不知道关于她的事情。"

"知道啊。"藻原毫不犹豫，满面笑容地说道，"她现在跟我住在一起。"

"这……你是说……"可能是某种预感吧，华菜子确信，如果毫无成见地和他见面，一定会轻易地被他的笑容所吸引——虽然这有一点可怕，也有一点滑稽。

"不好意思，请问您说的是真的吗？"

"嗯，是真的。我为什么要对初次见面的你撒谎呢？"

"可这不是很奇怪吗？真纪失踪将近一个月了，她家里人已经向警方报了案。大家都在担心，她是不是遭遇了事故或者被卷入什么事件中了。如果她真的平安无事，还和你生活在一起的话，为什么不跟大家联络呢？"

"这个嘛……"藻原冷静地耸了耸肩说，"我也不了解。她肯定也有自己的原因吧。"

"什么原因？"

"可能是想忘记过去的生活啊，斩断人生的羁绊。"

"不会的。"

"这样断言不太好吧，你一个外人怎么会懂她的心呢。"

不管怎么想，比起和你同居来，真纪一定更喜欢以前那种专心联谊的生活。虽然想这么说，华菜子还是忍住了。

"可是，和家人和朋友既不联络也不见面，这很奇怪吧？"

"没办法。她说过，自己只想一直待在家里，不想外出。"

"家？你说的是你家吗？"

"我说过吧，我们是住在一起的。"

"一直待在家里做什么呢？"

"有很多事可以做啊。人啊，只要活在世上，就会有很多的事情要做。不出门也可以做很多事的。"

"那一定很无聊吧？"

"确实，娱乐活动比较少。"讽刺的话语对藻原完全没效果，"真纪的梦想是，将来有一天，她喜欢的男人可以为她一个人举办一场音乐会。所以，我现在才会来学钢琴的。虽然现在还没有乐器，但总是会买的。"

"如果你们真的住在一起的话，请让我和真纪见一面。"

"我会把你的话转达给她的，不过我也不知道，她到底会不会见你。"

"你住在什么地方呢？请告诉我你的地址和电话。"

"你在说什么啊？我怎么会把这么私人的信息，告诉今天才第一次见面的陌生人呢？"

他刚刚还在追问华菜子的私人信息呢，现在却好意思厚颜无耻地说出这种话来，真想把他给打趴下。

会谈就这样以失败告终。

"这家伙真是太恶心了，畜生！"华菜子连藻原的咖啡钱也出了，愤慨不已地说，"不过我总算明白了，那家伙真的知道真纪的事。"

"那真的……"棹儿忌惮着周围小声说道，"真纪真的和那家伙住在一起吗？"

"真纪应该不会自己去找那么恐怖的男人吧？肯定是被他强

71

行拐去的。"

"果然……是绑架……"

华菜子点了点头。虽说像是俗套的电视剧剧情，但见过藻原这个人以后，却也不能一概否定这种可能。

"可是那个人，参加平安夜的联谊了吗？我不记得见过他。"

"我也不记得，也可能是真纪和中意的男生分开之后，在回家途中被盯上的。"

"那接下来，我们要做什么呢？"

"我们去找寻藻原犯罪的证据。"

"怎么找？"

"趁他不在家的时候，去他家里找。"

"嗯，幸好他定期会来上钢琴课。我们可以趁那个时候去。不过，这样做真的没问题吗？"

"也只有这个办法了。拜托你去查一查他的家庭住址，可以跟你妈妈委婉地打听一下。"

"我试试看。"

几天后，棹儿那边传来了好消息。藻原住在海边的一栋独门独院的宅子里，应该是他远房亲戚的房产，最近说是要拆迁，所以在那之前，他付了很少的租金住在里面。

"好的。那他下次来上课的时候我们就出发。我会带一个朋友去做保镖的。"

"啊？那我呢？"棹儿气得脸都鼓起来了，"你就这么把我给撇下了？住址信息可是我找到的。"

"不是啦，你也见过叫藻原的那个男人吧，他长得那么壮，万一到时真有意外，他回来了时跟我们撞上了，不知道会发生什么事哩。我们要万分谨慎啊。"

"这倒是。"棹儿还是撇着嘴。"反正你就是觉得我一个人不可靠呗。"

"而且啊，藻原他家离这儿很远，我们要是倒公交的话得多麻烦啊。我那朋友有车，可以给我们当司机。"

棹儿很不高兴有其他男人介入，露出一副为难的表情。华菜子哄了哄他，最后还是坚持带了阿东来。阿东高中时期曾和华菜子交往过，现在虽然是上班族，不过大学时期练过柔道，这一点还是很有帮助的。


"可是……"进了院子，阿东仰望着这栋二层小楼说，"这里好像半点儿人气都没有呢。"

车库寒酸得只能勉强放下一辆小汽车。这里以前的主人可能比较热衷于高尔夫球的练习吧，已经坏得不能再用的方形人造草坪上还贴着比赛的分数。这让院子里的景致显得更加落魄。

"嗨，华菜子，你的朋友应该不在这儿吧？"

"可是，如果她处于无意识的状态，也就不会让人感觉到了吧？"

"这是什么意思？"

"可能她被人下了药，一直处于昏迷状态啊。"

"哦。"棹儿这么一说，阿东立刻换了副一本正经的表情，摸着下巴说，"是啊，说不定也有这种可能。"

由阿东带队，三个人围着古宅转了一周。每个窗子都挂着窗帘，完全看不见里面。

回到房门口处，阿东把手放在了门把手上。华菜子显得很慌张，说："等……等等，阿东，没问题吗？"

"嗯，不行，门被锁上了。"

"不是说这个，我的意思是，你就打算这么直接进去吗？这样不好吧，非法闯入门宅啊。"

"要这么说的话……"棹儿失声笑道，"我们进入这个院子时就算是了。"

"最重要的是，如果我们不进去的话，就什么也调查不出来了。"

"对啊，华菜子，我们就是因为这个才来的啊。"

"嗯，对，说得也是。"

他们又去后门看了看，那边也挂着锁。阿东又绕到走廊位置，把手放在玻璃拉门上试了试，虽说有点困难，但好在门一点一点地开了。可能觉得穿鞋进去不太好，阿东脱了鞋后，从走廊的拉门进了屋。

撇下畏缩的华菜子，棹儿也跟了上来。两个男人卷起窗帘，进入屋内。

怎么办呢……虽然觉得在外面等他们出来比较好，但华菜子忍不住好奇心，便脱了鞋，跟着进去了。眼前一片昏暗。站在铺着木板的走廊上，她东张西望左顾右盼，忽然被吓了一跳。有谁在看着这里？原来是穿衣镜中映出的自己的身影啊。

华菜子露出哭笑不得的表情，深吸了一口气，径直走进了屋子。和室的装潢风格，里面有旧了的佛坛和简易的桌子。旁边是厨房。连接前后门的走廊隔着浴室和洗手间，角落里还有另一间小和室。

屋内出乎意料的干净，完全没有从外观联想到的灰尘味。华菜子本来做好了踏入魔界的心理准备，此时却有点儿泄气。可就在这时——

忽然有个人隔着粗布短裤摸到了华菜子的屁股，她不由得"啊"的大叫一声。回头一看，是棹儿微笑的脸。他一下子将华菜子搂入怀里。

"喂，怎么不生气了？现在和平时的情况又不一样。"

"傻瓜。"啪的一声，华菜子狠狠打了棹儿的脸一下，"阿东呢？"

"刚才他好像去浴室搜查了。"

正说着，阿东就出现了。看到身体贴得那么紧的华菜子和棹儿，他眼睛不停地眨着。

"喂，你们俩可真有空啊。"

"不觉得很刺激吗？趁主人不在家时，偷偷地搞……"和慌里慌张躲开的华菜子形成了鲜明的对比，棹儿显得非常冷静，"时间还很充裕，要不我们三个人来一次？"

华菜子正在担心，这会不会激怒阿东，棹儿会不会被打，可没想到——

"好啊，"阿东迷离的眼神缠上了华菜子，"华菜子以前就说过想玩一玩 3P 呢——两男一女。"

"喂，你们俩，现在是什么状况，你们不知道吗？"华菜子气得目瞪口呆，"不管是和一个人还是两个人，我是绝对不会在这种地方做的。"

"那回去后再找别的地儿吧？"

"去我的房间吧。"

"喂，够了！我已经说过很多次了，等事情完了之后再说。"

"你怎么了，华菜子？你不是也很喜欢吗，这么难得的机会？"

华菜子很意外，阿东竟然会作出这样的反应。还是说，他只是为了和比自己年轻的棹儿一争高下，才逞强给她看的？

"有两个男人的话，对我来说确实会是很开心。可听有经验的人说，其实不是这样的。"

"欸？是吗？"

"接吻也得和两个人分别做啊，会很累的。主要是很容易走神，不知道该把注意力集中在谁的刺激上。"

"嗯？会这样吗？"棹儿也和阿东一样，露出一副颇为期待的样子，"简单计算的话，快感应该会加倍吧，不是这样吗？"

"听做过的女孩儿说，她最讨厌的就是，自己最开始虽然被两个男人像女王一样地服侍，可后来仔细想想，觉得还是沦为了两个人的共同玩具。"

"欸？那是怎么回事？"

"那两个人，好像是 gay。如果是真的话，那应该是两个男人想一起做爱吧。可他们有一些犹豫，于是在这之间加入了她的肉体来作为缓冲。说白了，她只是他们共同的成人玩具而已。"

"这话说得，可真是一针见血啊。"

"喂！"华菜子意识到，他们该聊的不是这些而是真纪时，怒气爆发了，"你们在这说什么乱七八糟，乱七八糟，乱七八糟的东西呢！脑子有病啊！你们找到什么了吗？"

"什么也没有，一楼。"阿东像是在故意挖耳朵似的，"只剩二楼了。"

楼梯就在正门附近，楼上似乎比楼下更昏暗。安全起见，他们决定先由阿东一个人上去看看。

不一会儿，阿东蹑手蹑脚地下来，皱着眉头，小声说道："好奇怪呀。"

"欸？"华菜子不由自主地往后仰了一下，"发生什么事了？有谁在上面吗？"

"不……不是。"

三人一起上了楼梯，发现了一扇拉门，不管阿东怎么拉都拉不开。华菜子和棹儿也上去帮忙拉，可结果还是一样。

华菜子把耳朵贴在拉门上，什么动静也没有。可是——

"怎么回事？好担心啊。"

"从外面看不出什么来，可能是有棒子顶住了。对了，也可能里面有什么见不得人的东西。"

"能塞点什么东西进去吗？"

"去房顶透过窗子看看？"

"嗯，试试吧。"

三个人下到一楼，沿着走廊走回院子。一直盯着车库看的阿东，终于找到了一个小梯凳。

"用这个，上得去吗？"

"交给我吧。"

两脚踩在梯凳上，阿东攀上了走廊的屋檐，顺势爬了上去，一点点接近二楼房间的窗子。

阿东不经意间往院子里看了一眼，华菜子和棹儿正对他竖起大拇指。窗子没上锁，阿东稍一用力便拉开了。

见状，棹儿也借助梯凳飞速爬了上去，跟着阿东进了二楼的房间。

"我把拉门从里面打开。"阿东进了房间之后，从窗子探出头来说，"华菜子，你可以从楼梯上来了。"

"明白。"

回走廊的途中，华菜子忽然停住了脚步。有个人立在门口，看上去四十岁上下，穿着西装，不是藻原……是他的同伙吗？

男人瞥了华菜子一眼，微微低下头，交替看着自己的手表和右手拿着的笔记本，感觉像是在确认列车时刻表之类的。

没有任何原因，华菜子的脑海中忽然蹦出了"测量仪"这个词。怎么会蹦出这个词来呢，华菜子自己也觉得不可思议。

呱嗒呱嗒，传来一阵下楼梯的脚步声："你干吗呢？"在棹儿焦急的声音里，华菜子终于回过神来。感觉好像从梦中醒来一样，华菜子又看了一眼门口，那个男人的身影已经消失了，似乎最开始就没人站在那儿一样——难道是幻觉？

"华菜子，快，快点——不！"棹儿气喘吁吁的，话都有点说不顺溜了，"还是别上来了比较好。"

"欸？发生什么事了？"

"那个……"

华菜子推开棹儿上了楼，从敞开的拉门进去，带有壁龛的和室里什么也没有。

带有隔窗的屏风微微敞开着，从缝隙中可以看到隔壁的房间，地上铺着被子，枕头边放着一个小音箱。

被子微微隆起，一端还露出了长长的头，毫无疑问，有人在里面。是谁在睡觉吗？华菜子把屏风完全拉开，看见两只手伸在被子外面，还被带上了手铐。

"真纪？！"

她震惊不已，愣在了原地。一直跪在被子边上的阿东说了一句"不"，摇着头站了起来。随后，他冷冷地说了句"不是"，用手弹了弹从隔窗垂下来的绑在手铐上的绳子。

"不是……的话，是谁啊？"

"不知道，但……是个女人吧？"棹儿也进来了，阿东接着说，"不过我一时之间也有点恍神。"

"欸？"棹儿惊慌失措地交替看着阿东和被子，"怎么回事？"

阿东沉默地卷起被子，出现了一具苍白的裸体。仔细一看，竟然是个人偶！即使明白了，但精巧的做工仍会让人误以为是一位少女。

"是仿真人偶吧？"

"仿真……什么意思？"

"就是模拟妻子。"

这个被叫做模拟妻子的眼睛溜圆的塑料人偶，对于古板的华菜子来说，其冲击性不言而喻。

"虽然有点恶心，不过做得很像真人啊。不愧是以技术大国自夸的日本，似乎还可以清洗呢。嗨，这个俘虏可真是意想不到啊。"

"好啦，别说这个了。真纪呢？她怎么样了，在不在这儿啊？"

"怎么看都不像是在的样子。"阿东拉开壁橱，里面只堆着被子和枕头，"果然，这个藻原只是在这里妄想而已啊。"

棹儿忽然想到了什么，点了下音响的开关，里面传出了女人淫荡的喘息声。阿东厌恶的拉下脸来，当即把开关摁上了。

藻原就是一边听着这个喘息声，一边和玩具人偶缠绵的吧。莫非他把它当成了真纪？被如此恶心的想象吓着的华菜子，一个踉跄跌倒在拉门边上。


本来是打算让他们送到家的，可当华菜子反应过来的时候，自己已经在中途下了车。可她完全不记得自己是什么时候和棹儿、阿东分开的。这里是哪儿啊？街上都是仓库和卡车，毫无景色可言，但又莫名觉得眼熟——明明没来过啊。

这时，她注意到伫立在街边的一个身影——幻影般的男子，"测量仪"。

"你刚才去过藻原家吧？"

华菜子很费解，自己竟然这么自然地开始跟他说话了。

"快了。""测量仪"低头看了下自己的手表说，"他快要到家了。"

华菜子点了点头，等着他说下去。

"虽说你们把所有东西都恢复成原样了，但藻原可能还是会发现，那些只有他自己才能注意到的痕迹。"

"你是说我们偷偷闯进去的事？"

"对，那样的话，所有条件就都满足了。"

意识到自己并没有惊讶于这句话时，华菜子的脑中如天启般闪过一个念头。

"果然……这样啊。"

"测量仪"第一次抬起了他的脸，微张薄唇，对着华菜子轻轻一笑。

"你这家伙一开始就猜到了我们要去他家调查吧？怎么想都觉得奇怪。他明明就是在吹牛，说什么真纪每天都和他住在一起，却又毫不在意地告诉我们他不在家的时间，好像就在说'请你们偷偷来啊'似的。"

"测量仪"点了点头，可他那带着一丝恶作剧意味的笑容中，却又透露出一种邪恶之气。

"为什么呢？那家伙为什么要让我们这么做呢？"

"你去他家调查的时候，你家是不是也就没有人在了呢？"

"欸？"

"想打听你家住在哪儿，应该有很多方法吧？他可能就是这个目的。"

"把我引出来，是为了潜入我家？可是……"华菜子虽然被吓了一跳，但瞬间就冷静了下来，"可我又不是一个人住。我和家人在一起住啊，家里不会没有人在的。"

"可能……他想知道关于你的一些事吧？"

"为什么？"

"想找一个替代的女人。"

华菜子没听懂这句话的意思。

"藻原究竟有没有绑架你的朋友呢？即使他真的绑架了一个人，也可能不是你朋友，而是别人。我们假设那个女人现在已经被杀了，先不去讨论遗体被藏在哪了这个问题，她死后，藻原势必要找另外一个女人来替代她吧——事情可能就是这样的。"

此时，华菜子的脑中好像有个齿轮在转。她有些恍惚。

"可是，他直接把我抢过来就好了，干吗要去调查我家呢？"

"本来一直觉得好朋友是被他监禁起来了，可最后却发现被关起来的只不过是个人偶。那么……"

"那么？"

"你会怎么做？"

华菜子摇了摇头。

"藻原只不过是被妄想附身，和朋友的事情没有关系——最后你一定会这样认为吧？"

华菜子刚要点头，忽的看向上方，然后比刚才还猛烈地摇了摇头，说："不是的，差点被骗过去了。我们潜入了他家，一想到这一点，就不能把他当成一个完全无关的人。"

"那我们来重新假设一下，他若真的和你朋友的事件有关，那藻原特意让你们看见那个人偶，目的又是什么呢？"

"目的是什么，我刚才也一直在想啊，可一点头绪也没有……"

"先不要想这个了。"

"欸？"

"现在不要想这个问题比较好。他就是要让你想得更深——这才是他的真实目的。"

"他想让我想得更深……什么意思？"

"看，你已经中计了。""测量仪"虽然背对着她，但华菜子的视网膜中还是会出现他那邪恶的微笑，"所以，你最好不要再想了，更不要再去他家里。好奇害死猫。总之，这就是他的目的。"


到了二月份，真纪平安无事地回来了。不只是这样："来，我们来搞个情人节的联谊吧！"还若无其事地召唤大家搞联谊。

一直担心她安危的大家无不惊讶和愤怒，真纪本人在得知搜查令一事后也很震惊。结果，她只是与平安夜时认识的男生们在一起而已，一直待在其中一个人的别墅里。

为什么连家人也不联系？真纪和那些男生们，意见很不一致。真纪说，她好像让一个男生——记不清是谁了——帮她通知家里人。可男生们却认为，一个来路不明的人往家里打了电话，家人还是会担心的。他们想，真纪也应该了解这一点。在华菜子看来，恐怕后者的想法才是正确的吧？本来给家里打个电话就好了，估计说着"知道了知道了"，就把这事给忘到脑后了——大概是喝醉时说的。

"最开始只有四个人去了别墅，后来他们又叫了些朋友过来，总共有多少人呢，十个？二十个？反正都是男生，他们的东西有的长有的黑，各种各样，简直像做梦似的。我试了一个又一个，就沉浸其中无法自拔了。"事后，真纪这样说道。华菜子才明白过来，她根本就不是喝醉了，而是单纯地沉浸在色欲里而已。

可是——

"——真是的。"华菜子躺在床上，对着天花板叹息，"我竟然被骗了。"

"不过也还好啦。"棹儿脱了衣服，兴冲冲地钻上床。"好在真纪平安无事。"

"我说的不是真纪，而是你。是你！"

"欸？"

"好了，明儿说吧，棹儿，你，是不是和那个叫藻原的男人是同伙？"

"什么，你说什么？"

棹儿本想笑一笑掩饰过去的，可看见华菜子沉默着把已经脱下的内裤重新穿了起来，就觉得有些不对头了。他正要从床上逃走，却从背后让人给按住了。棹儿惊讶地回过头去，发现按住他的人正是阿东，应该是华菜子把他带进来的。棹儿的手被反剪在背后，只得蹲在床上。

"痛，好痛啊。放手！"

"你们打算做什么？"穿上衣服的华菜子冷眼俯视着这个少年，"把我叫到那样的房子里，你们究竟有什么打算？"

"你说什么啊？没有，完全没有。"

"别装了。我们一开始就是通过你才认识藻原的吧，他真的像在咖啡店演的那样变态吗？真的在你妈妈的钢琴教室里上课吗？到了现在，这些全都值得怀疑。"

"放开，放……放开我！"

"阿诚。"华菜子猥琐地抚摸着阿东的后背，"如果他坚持不说实话的话，你干了他也无所谓。"

"啊——"阿东开玩笑似的舔了舔舌头，加大力道摁住棹儿。为了显示自己绰绰有余的实力，他还空出一只手来拨弄了一下棹儿的性器。

"他啊，曾经说过的，哪怕一次也好，就是想插到像你这么可爱的男孩子的身体里去呢。我以前也跟你说过的，阿诚的东西可是很大的哦，一旦插进去，可能你的屁股就再也合不上了，大便也会暂时失禁呢。"

"不要！不、不要啊！"

"那你就给我说实话。棹儿，你原来就认识藻原吧？"

"求你们了，放过我。"一边苦苦地哀求，棹儿一边表情扭曲地点了点头。

"真纪的失踪，和你们没有关系吧？"

"嗯。真纪失踪后，完全没有回来的迹象，可能已经死在哪里了吧……所以，我们才想到要利用这一点。"

"提议的是藻原？"

不停点着头的棹儿，唇边留下了因手被困住而无法擦拭的口水，"本来的计划是，只有你我两个人去那栋房子的。"棹儿常常狂妄地自称"大爷"，可那股嚣张的气焰，此时已消失无踪，"可你却带了保镖，这样一来就是三个人去了，计划只能暂停。我都已经决定了，可是后来，说是还有机会的。"

"是藻原说的？"

棹儿点了点头，额上汗珠闪烁："本来应该在房子里等着我们两个的藻原，迅速决定离开家，摆上了那个人偶。你们看见了那个人偶，就会觉得藻原只是个妄想狂吧？至少当下会这么认为。"

那么迅速地改变了计划，怎么能马上准备出一个人偶来呢？华菜子觉得这一点很可疑，却又注意到了另一件事，这点疑惑就被她往后推了。

"至少在当下……那我……"华菜子想到了"测量仪"指出的事情，顿时觉得毛骨悚然，"我后来就会越想越深。你们是这么预测的？"

"是的。如果真的和藻原没关系的话，他为什么会知道真纪的名字呢，为什么要说那些话呢？过一段时间，你可能就会想到这些疑点，并且推测得更加深入。其实，他是故意让你看见人偶的，装出毫无关系的样子，实际上已经把真纪的尸体埋在院子里了吧——如果你这样推测的话，就一定会再去一次的。顺利的话，会是一个人去。这样一来……"

"果然，最开始只是想把我引到那儿。可是因为阿诚在，你们才耍了那么多花招。"华菜子弯下身子，凝视着棹儿的脸，"你们把我骗到那儿，究竟有什么打算？"

棹儿答不上来，嘴唇直哆嗦。阿东粗鲁地捋了把他的阴茎。棹儿烦燥地闭上眼，头发凌乱不堪。

"那个藻原，是什么人？"

"妈……"棹儿总算又回话了，"妈妈的……"

可能是因为他总叫"母亲"的缘故吧，华菜子听了之后，并没有立刻反应过来他说的是他母亲——佳奈子的事情。

"妈妈的情……情人。"

"那为什么要把我骗出来呢？"

棹儿开始啜泣起来。

"妈妈她……她怎么也不答应……藻原和我……我们……不能只有我们两个……还要加上妈妈……不管怎么样都不行……不能分开来……没有办法，只能暂时用那个人偶……可是，可是果然……他还是说想要佳奈子……想上真正的佳奈子……即使把她杀了……虽然听不见说什么，可即使是佳奈子的尸体也可以……"

除夕 ——————

——我理解你的心情，虽然理解，可是不管怎么生气，骂老人总是不太好的。因为最后账还是要算在你自己头上。

　　佐光阳志的脑海中忽然闪现出这句话。是谁说的呢？从内容上看，像是和谁在吐露自己对妈妈的抱怨，对方帮着出主意。如果是那样的话，应该是很亲近的人，可是佐光却怎么也想不出来。最有可能的就是他的独子洋一，可洋一最近都不怎么回家，而且这跟他也没什么关系。这个声音……是男人，还是女人呢？连这个也想不起来了。

　　——我懂你的心情。老人总是有些顽固的，有长辈的自尊在，完全听不进去别人的话。也不知道是健忘，还是压根儿就没听进去。要是能因为你照顾她就对你尊重点、谦虚点的话倒也还好，可是根本别指望这些。你觉得她也许是有点老年痴呆了，不懂道理，可却又在某些事上异常敏锐。反正不管年纪多大，父母终究是父母，总是觉得儿女是在那儿摆架子，而自己则被操控着。

很多辆改装车飞速驶过，如地震般的尾气声让佐光回过神来。耳边传来描写黑手党火拼的外国电影的主题曲旋律，原来是某位成员的手机响了。听起来感觉很低俗，莫非此地的飞车党开始流行复古音乐了吗？他们应该是打算去看新年的日出，正赶去和其他成员会合吧。

车灯一个接一个扫过他的脸，就像条纹一样，可他却似人偶般，眼睛连眨都不眨一下。佐光再次站回寂静和黑暗的树荫下，就那样一动不动地伫立着。

——我懂你的心情。可每次都买这么多菜，一个人根本吃不完，最后生生放成了垃圾。就好像是某种野生动物的习性一样，把那些垃圾当宝贝似的存着藏起来。自己能把它们处理掉也好啊，可结果还是让人不得不把它们扔掉。不去垃圾站的话，能把垃圾分类也行啊。我懂你这种气愤的心情。可是你每次都这么说她的话，有时会产生反作用。到最后，账还是要算在你头上。因为要是只发几句牢骚的话，可能她也就忘了。要说为什么？那是……

佐光轻轻地摇了摇头，否定了这个来历不明的声音。这究竟是和谁说的话呢？根本完全都想不出来，可自己为什么偏偏在这个时候想起来了呢……恍若在追究眼下如此烦躁的原因一样，他瞪着前方一家古旧的木制房屋。虽然门前挂着"金子粮店"的招牌，但是正门的百叶帘似乎好几年都没拉开过了。佐光现在是站在后门口，看着窗上映着的橙色灯光，听着电视机流出的微微声响。这户人家一向只看ＮＨＫ，现在这个时间，他们应该是在看红白歌会吧；也可能已经结束了，换去别的台了也说不定。

这是位于住宅区后的一条小巷，周围有座大厦，里面有税务局和印刷厂的仓库什么的。虽然白天很热闹，可是到了晚上，只有通勤车进入的包月停车场内却极其空荡。何况今天又是十二月三十一日，除夕之夜，根本没有人会经过这里。路灯也没有开，唯一的光亮就是从"金子粮店"的后窗透出来的灯光。

可电视机的声响却忽然间消失了。可能是住户准备去看新年日出了吧，或者是要睡觉了。佐光正目不转睛地盯着后窗，果然，没多久灯也灭了。

周围一片黑暗，一点动静也没有。可是，发动机的轰鸣声再次响起。伴着四处飘散的噪声，多辆改装车呼啸而过。手机声也再次响起，不过这次不是电影主题曲，而是唢呐的旋律。这个旋律与拆掉了消音器的发动机的声响混在一起，完全没有拉面摊的那种悠闲气氛，反而让人感觉很凶恶。总之，这一片儿到了晚上，人和车辆都很少，的确是飞车党最好的选择。

佐光在车灯的亮光消失前看了看手表，现在是晚上十一点半，还有半个小时就要迎来新年了。不赶快实行计划就不行了啊。可是，飞车党喧嚣的噪声才刚刚过去，还是再等一会儿吧，等"金子粮店"的住户完全入睡之后。

注意力一直被车灯的亮光吸引，这会儿嗅觉该变得敏锐些了吧。忽然闻到自己满身的烂臭味儿，佐光再一次觉得怒不可遏。上周，他收了今年最后一次垃圾。

虽然都是在市内，佐光常常要开半个小时车回老家。本来父母一同在家做农活，可自从父亲去世之后，独自一人住在郊区的母亲，便在本来放农具的仓库里堆满了垃圾。不用全部，每次清理一点也好啊，佐光嘴皮子都要磨破了，可每次母亲都说"我已经收拾了啊"，特别认真地撒着谎。

父亲一去世，似乎以前的勤劳都是装出来的一样，母亲再也不干农活了，连家务也一点都不做。每次佐光回去，母亲都肯定会拿出吸尘器来，可是地板上角落里到处都是灰尘，那明显是听到自己的车声，才慌忙装装样子而已。

打扫卫生的问题倒还好说，问题是垃圾。保鲜膜还没拆开的生鱼片，变色到让人根本不会觉得是这个世界上的东西；完全还没动过嘴的副食品，黏黏糊糊的，根本就猜不出来那究竟是什么。佐光把装满这些废品的垃圾袋要么塞在后备厢里，要么塞在车后座上，开车带回到自己家，然后还得不把它们分装到一个个塑料容器里。寒冷的季节还好，夏天的话就惨烈极了。只要一打开垃圾袋，那股强烈的臭味袭来，感觉鼻子都要被熏掉了。更严重的时候还有蛆，即便戴上防花粉过敏的眼镜和口罩也还是止不住地想吐。不知道为什么，每次整理完母亲家的垃圾之后，佐光都一定会严重腹泻好几天。难道不是因为吸入了物品腐烂而产生的有害物质吗？佐光没有办法不这样想。一次性手套也完全没有用，手指上的腐臭味能一直闻得到。

佐光无法理解，母亲为什么费那么大劲，特意把这么多垃圾都放在仓库里，而且还连百叶窗都关上。时间长了才觉得，她应该就是想逃过儿子的眼睛，让他觉得没有垃圾吧。可他每次跟母亲抱怨，让她至少扔一点垃圾的时候，母亲每次都会说："扔了啊，所以才没有垃圾啊。"竟睁着眼睛说瞎话。可能本来是想好好收拾一下的，或者是觉得自己也被遗弃了——佐光分辨不出。不过不管怎样，母亲肯定是老糊涂了。

可是，佐光每次回来都从仓库把垃圾拿走这件事，母亲可是清楚得很。而且，她还不觉得是"儿子特意帮自己处理了"，而是觉得"儿子一点点地偷走了我的财产"。知道这一点时，佐光惊呆了。

在佐光看来，自己为了照顾年迈的母亲，特意定期开车过来看望她，还要把根本不想处理的垃圾和容器分类，可母亲却没觉得儿子是在照顾她。儿子没什么事就回来，因为很无聊的事情责备自己，还啰啰唆唆地挖苦自己，最后竟然还偷走自己的各种财产。母亲竟然是这样想的。有一次，母亲要找什么东西没找到时，立刻就打来电话问："家门钥匙不见了，阳志，你看见了吗？你有没有拿？快点还给我。我不会告诉你爸爸的。"佐光这才明白了母亲的想法。

她连父亲去世了这件事偶尔也会忘记，而且每次存折不见了，都报警说是"被儿子儿媳偷走了"。事实上，类似的事情最近已经发生过了。

发觉母亲开始患上老年痴呆是四年前的事，那时候正赶上佐光被工作了二十多年的公司扫地出门。

幸好，独生子洋一已经从大学毕业，可以独立了。由于父亲生前的援助，房贷也还清了。将近五十岁的佐光已经很难再就业了，光靠失业保险和存款是靠不住的，于是妻子彩香为了家计，辞去了之前在一家叫"Sonight"的咖啡店的工作，晚间出去挣点钱。

最近，母亲的腰腿都很虚弱，佐光大概每个月都会和彩香一起回去一次，打扫一下卫生，做些饭菜存着，再将大件垃圾运回家。

有一天，母亲打来电话："保险箱的钥匙不见了，哪儿都没有。"一副责问的语气，"之前你们来的时候，彩香开了好几次衣柜的抽屉——打开了哟。不知道她做了什么，可就是发生过这样的事。彩香招呼都不打就把钥匙拿走了，你们究竟打算干什么？"

佐光虽然很吃惊，但这个时候还不觉得母亲已经糊涂了。为了确认事实，他还诚恳地给彩香打了电话，结果惹出了麻烦。

彩香开始时还和气地否认，渐渐开始变得愤怒起来。虽说是婆婆，本来就对儿媳心存芥蒂，现在居然开始歇斯底里地怀疑儿媳偷了她的东西。彩香摔了听筒。从那以后，妻子再也不和佐光一起回老家了，照顾母亲的重担全部落在了他一个人的肩膀上。眼见母亲的言行举止一点点的变奇怪，不仅变得极其健忘，而且还镇定地说一些立即就会被揭穿的谎话。

虽说母亲身体虚弱，但也不是一直卧病在床。事实上，她每天都会自己去附近的超市买东西。这个超市正是所有事情的元凶。佐光第一次看见母亲在那儿买了那么多的副食和甜面包时愕然不已。不仅这些东西碰都没碰过就在冰箱里变质了，而且数量多得惊人。厨房收纳柜里也满满的都是变成了垃圾的食品。这些东西即使是有十个人的家庭也吃不完。

质问母亲这究竟是怎么回事，她说不知道。怎么可能，如果不买的话怎么会有这么多东西呢？一指出这点，她就眼睛睁得大大的，吃惊地说："不是你给我买的吗？"总之她就一口咬定，自己不知道、记不清了。实际上好像也真的是不记得了。总之，直到此时，佐光才终于意识到母亲是有点老年痴呆了。

而且他觉得，母亲可能都是被超市里恶劣的店员给利用了。自己一个人生活，所以渴望有人和自己说说话，看着店员那么亲切地和自己聊这聊那，一高兴，就控制不住地花钱了。而店员乘机巧言劝说这些食物有多么好吃，便把剩下的食物全都推销给她。佐光觉得这太浪费了，于是向超市提出了抗议，可超市却说他们既没有强卖过任何东西，也没有权力对客人自行购买的东西说三道四，就这么敷衍了过去。

买回来也吃不完，吃不完却还要再去买，就这样，母亲的家里堆积了大量的食物。不知道她是没有意识到自己被当成冤大头了，还是把这回事给忘了。母亲还是有一小笔钱的，所以没开封的食物越积越多。可能是察觉到了偶尔回家的儿子看到这些会觉得很烦，于是她没把剩下的饭菜放在冰箱或是厨房里，而是全都藏到仓库中去了。由此，佐光和这些垃圾的大战开始了。

彩香因为保险柜钥匙一事闹了别扭，一点忙也不帮。不仅如此，每次看见丈夫，她不是一脸讽刺就是满腔怒火，把对婆婆的不满通通宣泄出来。虽然结婚已经二十五年了，但是争吵只会让事态恶化下去。苦不堪言的佐光，除了逃避之外别无他法。

保险箱的钥匙，虽然后来在衣柜里找到了，母亲却完全没有跟儿媳道歉的意思，甚至好像已经忘了自己说过那么过分的话了。

即使痛骂婆婆的恶行也一点反应都没有，彩香可能是厌倦了这样的丈夫，终于选择离家出走了。可能是担心自己悄悄消失后，丈夫会向警方提出搜查请求，也可能是为了讽刺他，彩香干脆留言："店里认识的男人会照顾我的。"

彩香是在一家叫做"酷玩"的快餐店工作。她一个年近五十的半老徐娘竟然被录用了，仅仅这一点就已经很让佐光惊讶了，但是也没有怀疑她外遇真实性的道理。虽然也担心过，妻子会为了面子流落街头，不过没想到真是各有所好，她真的在外面有了情人，而且还是个有钱人。

佐光也自然觉得彩香会跟自己离婚，可是过了一年的时间，户籍还是没有变。彩香什么也没说。不知道她是觉得离婚手续太麻烦，还是根本没有离婚的打算。

不过，他完全不会担心离家的妻子。佐光依然无法重新工作，就这样度过了自己五十岁的生日。正在他考虑要不要申请低保的关头，竟然发生了一件特别离奇的事情。分居多年的彩香，居然将一笔钱打到了丈夫的银行账号里。虽然不知道她为什么这么做，但肯定是一笔令人感激的施舍。佐光什么也没说，就这么接受了。

然而这种事发生了不止一次，自那以后，彩香会定期打一笔钱过来，直到现在仍没有间断过。把这么长时间收到的钱加起来，已经是个相当可观的数目了，绝不是光靠在快餐店打工就可以挣到的。佐光推测，她可能是把情人给的钱偷偷汇了一部分过来。可这又是什么目的呢？彩香还是一如既往地打钱，却连一点音信也不告诉佐光。她究竟是什么意思，难道是可怜我吗——佐光常常这样想。

自己究竟该怎么做呢？当作是分居妻子的同情，坦然地继续接受下去？一定会这样吧。而且，彩香打过来的钱确实被当成生活费一点点消失了，所以什么也没办法做。自己用着妻子不知被哪个陌生男人抱着换来的钱度日，这种屈辱感虽然很难接受，但也没什么可以改变现状的办法。

佐光心中的无力感、虚脱感日渐严重。这样的生活究竟要持续到什么时候呢？后备厢装满了垃圾袋，车里每时每刻都有一股烂臭味。他自己也是，不管用什么样的香皂洗多少遍，身上的馊味似乎永远都不会消失。

佐光常常告诫自己，应该在东西腐烂之前就把它们扔掉，虽然很勉强，但也要每两三天就回一次家，这样说不定就能避免那些又脏又臭、黏黏糊糊的惨剧发生。不，更好的方法是住在家里，每次和母亲一块去超市，在她买下大量无用的东西前就阻止她。可结果是他依旧两周回家一次，甚至有时一个月才回一次。他尽量避免与母亲碰面。住在那儿？简直是疯了吧？

母亲究竟是真的傻了，还是在装傻呢，或者是间歇性的老年痴呆？

有一次，佐光在老家的仓库里发现了好多塑料袋，打开一看，他惊呆了。各个袋子里都是拔下来的杂草，堆得跟小山一样，里面还有蜘蛛的窝，上面密密麻麻地长满了白色的霉。佐光生平第一次知道，原来腐烂了的植物也可以这么刺激鼻黏膜。他去问母亲，结果她特别淡定地说，只是修剪了一下花坛而已。

"你都有体力拔草的话，就在垃圾收集日的时候把垃圾扔掉啊。放在仓库也行，好歹也把生活垃圾和不可燃垃圾分开啊。放那么多没吃的食物在那儿，你买的时候也控制一点啊。"

虽然佐光怒上心头，冲着母亲大声斥责，可母亲还是嘟囔着辩解说："我每天都扔垃圾啊。我没买吃不着的东西。"虽然知道没有用，佐光还是认真起来，开始抱怨自己每次要多么辛苦地把垃圾分类。母亲不知是愣住了，还是觉得因为以前给儿子换过尿布，就把这当成了理所当然的事，只是对佐光的抱怨充耳不闻。

血压居高不下，心脏也开始出问题了。佐光不想再见到母亲的脸了，最好永远不见。不知他会不会有一天控制不住自己了，直接把母亲埋在垃圾堆中将她闷死。每次回家，他都会这样下决心。可是，一两周过去后，佐光就忍不住要回一次老家，再次被从住宅中倒出的难以置信的大量垃圾气疯。没完没了，这样的事一直重复下去。

烦死了，烦死了。每次在生活费马上就要见底的时候收到彩香的汇款，对佐光来说都是一种安抚。可在感谢之前，他首先会眼红。虽然被屈辱所折磨，但是又不得不用这钱。佐光真想杀了自己。

我做了什么？我究竟做了什么？为什么我会这么悲惨？明明比其他员工都认真工作，为什么我就成了被解雇的对象？不赌博、不好色，甚至连酒都不沉迷；明明比任何人都善良，踏实地过自己的人生，为什么就到了这种穷途末路？沾满垃圾就是对我努力付出的回报吗？

佐光也想像彩香一样离家出走，也想人间蒸发，想从这悲惨、腐烂的现实中逃走。虽然真的这么想过，可是他却不知道要去哪里。

就在他苦闷不已的时候，今年夏天，某个收集可燃垃圾的早晨，佐光拿着完全超出一人生活量的垃圾袋，走向该区指定的垃圾站。

偶然碰见附近的一些家庭主妇在闲聊。虽然自己没跟人说过和彩香分居这件事，但是他总觉得大家好像都已经知道了似的，邻里气氛非常不融洽。扔了垃圾，正要匆忙离开之际，她们聊天的声音传入了佐光的耳朵。

——尽管这样，最近还是很不安全啊。

——是啊。正月的时候，有个年轻的女人被杀了，凶手到现在还没抓到呢。不，不，警察应该在调查了吧？

——这么说来，有几年了吧，每到正月肯定会有事故发生。

——欸？什么？什么意思？

——独居女性被道匪杀害的案件，好像在连续发生吧？

——是吗？唉，最近确实恐怖事件比较多，但好像真的都是在正月啊……

佐光就听到了这些，当时还觉得没什么特别的意义。

去图书馆看看吧。想到这儿的时候，他正走在打工的路上。

那个人究竟打算做什么呢？

佐光彩香吐出一口冷气，一直盯着丈夫的后背。他一动不动地站在"金子粮店"的后门边，藏在树荫下将近一个小时了，完全没有注意到妻子正在背后的杂居大厦中监视着自己。

以前，佐光家买米的时候会来这儿。虽然并没有特别不愉快的经历，但彩香还是对老板娘没什么好印象，所以后来就渐渐地不去了。之后老板去世，因为没有继承者，金子家的寡妇也就把店关了。本来已经完全忘了这家店的事，可丈夫究竟要做什么呢？

除夕之夜，彩香偷偷地守在自己家门前。大概十点半前后，丈夫出来了。她想看看他到底要去哪儿，便一直跟在他身后，没走几分钟就到了"金子粮店"。按理说他没什么必要来这儿，或许是还要去别的地方吧；可与预期相反，丈夫一动不动，什么也不做，就这么窥视着金子家的动静。他究竟有什么打算？

彩香对丈夫起疑心是从今年十月开始的。有一天，她趁着丈夫去打工刷盘子的时候，偷偷回了一次家。

彩香与丈夫分居四年了。她成了在以前打工的快餐店"酷玩"认识的常客末次嘉孝的情人，住进了他的公寓。

末次有一个在东京做艺人的女儿，在当地还小有名气。虽说本人可能没什么魅力，但作为一个拥有私人诊所的医生，他很有声望。末次每个月会给彩香几十万，安排她一个人住在他在大学医院工作时住的两居室内。

末次对彩香特别着迷。但可能是因为工作忙，或者是害怕被同为医生的妻子发现，他每个月只来公寓一两次。这之外的时间，彩香一个人过得很悠闲。

彩香没想过要和丈夫正式离婚，也不打算放弃做末次的情人。不用照顾丈夫和婆婆，也不用被杂事烦恼，这样的每一天是多么轻松啊。一旦享受到了，自由的味道就像蜜一样，让人无法放手。为了这么自由轻松的日子，即使末次偶尔强行要求玩一些变态的游戏，她也觉得无所谓了。

最开始的时候，彩香真的不知所措。末次平时看起来是那种强悍的男子，可跟她在一起的时候就会性情大变。让她穿上性感的服装，扮成女王的样子，倒是还在可以理解的范围内。可令人惊讶的是，末次自己也会戴胸罩、穿网状内裤，扮上女装。

彩香以前从来没有戴过假阴茎，况且还要把它插到对方的屁股里，像男人一样挥舞它。不仅觉得很滑稽，还特别不舒服。末次的指示特别详细，不但要求把假阴茎插进他的肛门，还得让彩香温柔地，或是偶尔要猛烈地，用手握住他的阴茎。兴起时，末次还会用假声叫"大姐姐"，像女人一样高兴地扭动身体。虽然彩香比他大几岁，但也用不着喊大姐姐吧？又不能在这个时候笑出来，彩香每次都拼命地忍着。

习惯了之后，彩香便能熟练地做出女王的样子，不用末次一一指示也可以记住，怎样通过SM让他高兴。跪下来把假阴茎插到末次的嘴里，说着"快啊快啊"的羞辱的话时，她也能全程忍住不笑。从某种意义上来说，这也是项轻松的工作。因为末次绝不会像男人一样抱她，他们之间没有一次真正的性行为。

彩香并没有觉得自己背叛了丈夫。和末次的行为并不涉及男女之事，因为末次的性器官一次也没有进入过彩香的身体。末次用的都是她的手。说起来，这就像是在帮任性撒娇的小孩子自慰一样。事实上，末次偶尔也会撒娇般地管彩香叫"妈妈"。

　　不想和丈夫离婚，是因为彩香和末次的关系并不像普通的情人那样，而是更加正当的行为。不仅如此，最近她甚至开始想，要不干脆就回到丈夫那里算了。不过有一个条件就是，如果婆婆死了的话。

　　自己竟然又有了这样的想法，彩香感到非常诧异。连那样的丈夫，自己都想回到他身边，是因为自己爱他吗？不！不管怎么审视自己的内心，她都没有那样的感觉。比起爱，这不更像是对怪异东西的兴趣和执着吗？

　　几年前，彩香在"Sonight"咖啡店工作的时候，有一个很奇怪的客人。尽管只是个高中生，他却总是装腔作势地要一杯蓝山，好像在舔着彩香一样，目光湿漉漉地盯着她。他像是对和自己母亲年龄相似的女人产生了情欲，彩香在困惑之中终于明白了这一点。说白了就是个恶趣味的孩子。他不知道从什么时候开始就不再出现了。这究竟是怎么回事呢？

　　当时还没想那么多，可最近偶尔会怀念那个男孩儿。就像用舌尖去摆弄虫牙一样，将那孩子的恶趣味在自己的心中玩弄。对，丈夫和那个孩子很像，都有点恋母情结，所以从手边把他给放走了，现在想来还真是有点可惜。玩弄来玩弄去就会上瘾，那种感觉就像跟末次时一样。末次也是个恶趣味的男人，却不像丈夫那样，是她轻易就能享受到的恶趣味。他们究竟有什么区别呢？彩香自己也不清楚，可能这就是缘分吧。

所以即使分居了，彩香也会担心丈夫。他没法再就业了，因此，她会定期给他打钱过去。虽然最近开始在他同学刚独立创业的西餐厅刷盘子，但也应该很困难吧，车子大概只在每次回老家照顾婆婆的时候才开，保养费估计也很棘手。

对于寄钱这件事，丈夫什么也没有说，彩香也并不需要他来道谢。只要给他传一通短信，说自己并没有离婚的意思，打算和他破镜重圆就好了。

而且最近，彩香也感觉到和末次的关系可能要结束了。虽然每月只有一两次，但是四年间重复同样的行为，还能不厌烦的话就怪了。虽然嘴上没有清楚地说出来过，但他专心地换着各种新奇的衣服，就代表彩香已经做不了他性幻想的催化剂了。反正总是要分开的，那就不能不要一笔分手费。

拿到一大笔钱后回到丈夫那里吧——彩香突然开始想家了。虽然这样想，立刻见面的话也很尴尬。手上还有钥匙，所以趁着丈夫不在的时候，为了看看家里的现状，她终于在多年之后回到了家。

家里比想象中还要干净，被解雇之前从没做过家务的丈夫，现在也不得不打扫屋子、洗洗衣服了。

可是与看见的情况相反，屋子里总有一股酸酸的腐臭味儿。看来他现在还是要把从老家拿回来的垃圾在这里分类啊。真是的，这个婆婆真是太愁人了。说实话，真是想让她死了，可是那样的人反倒活得长。忽然，彩香的眼睛被餐桌上的东西吸引了。

是散放的透明文件夹。看看里面的内容，居然是当地报纸的复印件。再看看日期，是前年的新闻。可能是在图书馆或者什么地方阅览的吧。报道一共有三篇。

第一篇是今年一月三号的报纸上记载的事件，一名在市内独居的女性在自家公寓的停车场内被杀。据判断，她应该是在除夕夜到元旦之间被害的。被害人名叫武市直美，三十二岁，是一位在证券公司上班的OL。据她单位的上司说，她的工作态度非常好，也没有男女关系上的问题。因此警方认为，这可能是道匪干的。

第二篇是去年一月三日的报道，市内独居的女性在自家门口被刺杀。被害人名叫北里二三枝，四十一岁，同样是在除夕夜到元旦之间遇袭的。并没发现财务的损失，衣服也没有破损。她在工作的点心店里评价非常高，包括前夫在内，并没有任何异性关系上的问题，对于这个案件，警方也倾向于是道匪所为。

第三篇……看了第三张报纸的复印件，彩香惊呆了。那是前年一月三号的报道，标题上写着"独居女性被杀"几个字。

"二日下午，居住在市内的七十八岁的末次小夜头部流血倒在地上，前去拜年的一位男性民生委员发现她后报了警。末次已经死亡，死因是遭人袭击后脑所导致的头盖骨骨折，遇害时间应该是在除夕夜到元旦之间。室内有激烈打斗的痕迹，本来以为是强盗所为，但没有发现现金、存折及贵重金属物品的损失。警方判断有仇杀的可能，目前仍在调查中……"

在复印纸上还贴着便签，上面是她仍然记得的丈夫的笔迹："同一个凶手？→ X"。

彩香内心无比慌张。虽然对每年一次、连续三年都在同一时间发生杀人事件感到意外，不过比起这个事实，她更无法抑制地担心，为什么丈夫会对这一连串的事件感兴趣。

而且前年除夕的那个案件——更确切地说是大前年了——被害者的姓氏是⋯⋯

末次！

这是偶然吗？

忧心不已的彩香，接着去了曾经在"酷玩"一起打工的女同事家里确认情况。果然，她说这个叫末次小夜的人就是末次嘉孝的母亲，艺人诹访香（末次香织）的奶奶。

这是怎么回事呢，彩香陷入了沉思。难道佐光对这一连串的杀人事件感兴趣，是因为其中一个被害者就是妻子现任情人的母亲？

不，绝不是这样。这只是一个偶然。丈夫并不单单对末次小夜的案件感兴趣，他一定有其他的想法或打算，才会把其他两份报纸也复印回来。

三个人都是在除夕夜到元旦之间被杀的，全都是独居女性，全都没有被强奸或是抢劫。是这么多的共同点让他感兴趣了吧？当然严谨一点来说，末次小夜的家里被翻得很乱，即使表面看上去没有被盗的痕迹，也有可能是凶手伪装出来的。

问题在于，这会是同一个人干的吗？从丈夫整理出的笔记来看应该不是，虽然没有根据，不同的凶手连续三年在除夕夜到元旦之间犯案的结果，往往会呈现出一种正月连环杀人案的模样。可能最开始只是因为有这么多的偶然，丈夫才会对这一连串的案件感兴趣吧。

只不过是像看电视节目时的那种兴趣而已，没有别的原因。彩香虽然想这样判断，却又无法抑制心中的躁动。

算准了丈夫不在家的时间，彩香又回到了自己家里。虽然是回家，倒是有一种偷偷潜入的做贼心虚感。她在期待着，说不定能发现什么。

——什么啊？到底能发现什么？

就连自己也不明白。可是今年的除夕夜，丈夫是要有所行动了吗？这种担心无法抑制。

——什么啊？丈夫究竟要做什么？

一边苦恼着这些，一边像前几次一样，彩香什么也没有发现就离开了家。就在这时——

"比如说，他要杀人之类的？"

出现了这样一个声音。彩香吃惊地抬起头，乍看像个上班族似的男子正站在门前。大概四十岁上下吧，从不同角度看又似乎是二十几岁。他躲在光线照不到的地方，阴阴地说着："每年一到除夕夜就会发生类似的杀人案，如果警方也注意到这一点的话，那么搭车杀人也不是不可能的……"

"测量仪"——看见这个人的时候，这个词就浮现在彩香的脑海里了。他的话究竟是什么意思呢？自己的脑海中为什么会突然浮现出这个词呢？彩香还没来得及多想，便立即反驳道："不会的。"

"测量仪"慢慢地转了转头，扬起一丝淡淡的微笑，正视着彩香。

"大体上,这一连串案件的凶手,不是同一个人。"她继续说道。

"为什么这么说？"

"因为杀人的手法不同……"

"或许不是同一个人，这个可能性很高。不，即使真的不是同一个人，这也不是个大问题。"

"为什么？"

"就算是偶然，连续三年，除夕夜到元旦之间都有杀人案件发生，或许就有人觉得，那就按这个模式做一次案吧。可能只是出于这个目的，没有区别地选定了第四名受害者，这样可能就会把案件的调查引往一个错误的方向。这样想的人，就会在今年趁机杀人吧？"

"真是愚蠢。"彩香嗤之以鼻，"天下的警察，会特意研究这种像电视剧一样的故事吗？现实是简单的、枯燥乏味的。谁要是被杀了，一定是身边那个有动机的人受到怀疑吧？"

"是的。所以说，比如你的婆婆被杀了的话……"

"你说什么？"

"如果佐光先生的母亲被杀的话，那谁会最先受到怀疑？"

"那……"虽然犹豫了一会儿，彩香还是耸耸肩说，"应该是我吧。"

"测量仪"点了点头，"对。那如果你被杀了呢？"

"那……"

应该是末次嘉孝的妻子吧——可是"测量仪"没有给彩香回答的时间。

"理所当然，佐光先生会被怀疑。"

"欸？为什么？"

听到这个和本意偏差太大的答案，彩香失声喊道："为什么？我被杀了，为什么我丈夫会受到怀疑呢？"

"因为警察会首先怀疑被害者的配偶，这就是一条最基本的理论。"

"不是吧……"

丈夫为什么要杀我呢？究竟有什么动机呢？

"因此，他要杀的既不是自己的母亲，也不是你，而是素不相识的人。"

"别人？是谁？他的目标究竟是谁？"

彩香并没有意识到，自己这样说的前提是丈夫已经拟定了杀人计划。

"总之，这个模式不会中断。在除夕夜到元旦之间会有独居女性被杀，这一模式在第四年也会继续下去的。总之，结果可以说明一切。"

模仿杀人……究竟有什么意义呢？可是彩香的反驳没有说出口，等她回过神来的时候，家门口就只剩下她一个人了。

那个谜一样的男子，她马上就忘掉了，因为并不至于真的会发生他所说的事。可是丈夫会不会在除夕之夜做出什么意外的事，这种疑惑无法抑制，甚至膨胀到了极点。虽然觉得什么证据都没有，这样想有点傻，可万一真的发生什么事情的话，那就无法挽回了。这种不安无论如何都挥之不去。

这个除夕夜，彩香悄悄地监视着丈夫。晚上十点半前后，佐光偷偷地出门了——这么冷的天还特意出去。

难道说……彩香悄悄跟在他身后。佐光从自己家出来，走了几分钟后到达"金子粮店"，躲在后门附近，一直窥视着屋内的情况。

难道……他真的……

屏住呼吸监视丈夫的过程中，彩香想到一件很重要的事。

难道……真的要……

金子寡妇在丈夫死后一直独居，年龄已经超过七十岁了，身体像枯木一样。虽说因为工作的缘故身体不会太差，但怎么也敌不过一个成年男人的力气吧？仔细想想，金子寡妇不正具备了成为第四名受害者的绝好条件吗？

难道……那样一来……

彩香全身一紧。

这之前一直藏在树荫下的丈夫，在她没留意时已经向外踏出了一步。

由于光线太暗，看不太清楚，他好像从兜里掏出了什么……那是在戴手套？

他左右看了看，身子紧贴在"金子粮店"的后门上。彩香确认了他是在低头碰门把手后，不能自已地飞奔了出去。

"老公！"

彩香的声音压得很低，却像鞭打一样尖锐。丈夫像忽然受到惊吓般，一下子直起身来。虽然还分辨不出面部表情，但彩香感觉到，丈夫正目不转睛地盯着她。

"快回来啊，老公。"

"啊……彩香？是彩香吗？你怎么会在这儿？"

"好啦，过来啊。快点。"

什么也没多说，彩香牵起了丈夫的手，从后门边走了出来，把"金子粮店"老旧的招牌甩在了身后。两人横穿马路，来到了对面的步行道上。

"什么都不要说了，我们就这么回家吧。好吗？"

说到这儿，丈夫僵住了。不管彩香怎么拽他的手，他仍是纹丝不动。

"你做什么呢？"

彩香吓了一跳，往后退了一下。丈夫的手里握着什么，借着远处的街灯，露出了亮闪闪的光。

"那是……什么啊？"

佐光将刀子抵在彩香的胸口上，一步步逼近。

"你要做什么？老公，快住手！把这东西放在……"

彩香想甩开丈夫的手，反而被他抓得更紧了。

佐光鲁莽地一把将她拉到身前。

"我听说，无论如何都不可以呵斥老人。"

"欸？"

听到丈夫说出如此令人意外的话，彩香顿时愣住了。

"如果总是呵斥老人的话，会造成特别不好的结果。你知道这是为什么吗？"

"啊？莫非，你是在说母亲的事情？"

"如果你总是呵斥老人的话，那她就会变得更加糊涂。你觉得这是为什么？"

为什么忽然开始说这些话呢？彩香非常困惑，全身的抵抗力也开始下降。

"即使脑力和体力都衰退了，但心情还是会跟年轻的时候一样。这就是人情。可悲的是，在年轻人看来，他们的言行是痴呆的令人不耐烦的。于是他们会焦躁不安，最终会发牢骚。可是如果被不断斥责、嘲笑的话，老人的自尊心也会受伤的。"

"我没有指责你妈妈，只因为保险柜的钥匙一事吵过架。"

"为了保护自尊心，你会怎么做？没有体力的老人往往会自己装傻。"

"啊……你说什么？"

"即使被无数次的抱怨，也会对自己说其实这不是什么大事，不要放在心上，然后就忘记了。这就是老人。虽说这是人类都会做的事。"

为了看清丈夫的表情，身在暗处的彩香向前凑了过去。

"老公，你是在说，我因为她冤枉我而狠狠责备了你的那件事？"

"置若罔闻，躲在自己的躯壳中，这也是一种停止思考的方式吧？把不喜欢的事情全部忘掉，据说这也会加速老年痴呆的。那家伙是这么说的。"

"那家伙？"

"测量仪！"

"他说什么？"

丈夫的精神变得有点不正常了。

"会很容易忘记事情。"佐光像没听见彩香说话似的。"不，问题是忘记之前，自己首先隔断了来自外界的信息。"

"测量仪是什么？你说的话是什么意思啊？"

"现在已经都忘了。全部。"

夫妻之间的对话好像出现了分歧。

"自己做过的事情，还要像看别人的事情一样，去翻报纸。"

"测量……"

彩香怀疑连自己的精神也不正常了。

"莫非……"

"本来是要去杀末次嘉孝的，真的。所以我才去了他的家。可是他不在家，那儿只有一个老太太。"

"骗人的吧！"

"我害怕极了，逃走之后也不再想着去杀他了。可是……可是，过了一年，又……"

"什么？"

"我以为是你。那个女的。"

彩香的嘴角浮起了一丝暧昧不明的微笑。

"你以为是我……那个女的？莫非是第二个？"

"错了，第二个，第三个，虽然都是独居，但是都错了，她们都不是你。"

"你冷静点儿，老公，冷静点。"

趁着丈夫两手放下的空当，彩香想要把刀抢过来。可佐光甩开了她的手。

就在刀尖马上就要砍到她的瞬间，彩香躲开了，顺势滚到了马路上。

佐光又一次把刀挥下去，但可能因为不太习惯这个手套的缘故，刀子从手中滑了出去，不知道飞到了什么地方。佐光本来还想找一下，结果立刻就放弃了，转而扑向彩香。

在路上撕扯在一起的两人的身影，突然被车灯淹没。手机中传出的唢呐旋律声声震耳，飞车党的改装车队猛然驶过。

完全没有躲开的时间，佐光和彩香的身子就这么重叠在一起，砰的一声，像球一样被撞飞。倒下后，两人的身体又被后面的车辆碾过。

为了要避开前面那辆紧急刹车的车，后面的车也都慌张地转动方向盘，车体开始旋转。

转了一圈的改装车，尾端撞入了"金子粮店"，引燃了漏出的汽油。此时，时针刚好转过午夜零点。新的一年到来了，这间旧房子着火了。

两天后，一月三日的报纸上有一篇标题为"死亡飞车"的报道。

"一月一日零点前后，在市内飞驰的改装车撞死了在路上步行的一对夫妇。受害者是佐光阳志，五十三岁，和他的妻子彩香，五十二岁。

"跟在后面的车辆因转向失误，撞到了附近的民房，引发火灾。驾车的十八岁少年受了轻伤，在房子里就寝的金子美纱江则因事故身亡，享年七十八岁。"

然后，在这篇报道的旁边——

有另一篇标题为"独居女性被绞杀"的报道。

"二日早晨，住在市内的护士长谷部深雪，二十九岁，在独居的房间内被绞杀。前来接她上班的同事发现后报了警。遗体着装整齐，室内也没有任何痕迹。警方怀疑很可能是熟人作案，目前仍在全力搜查中……"

幼儿 ——

（哎呀哎呀，那……）

（那么，再看……）

（看一遍吧……）


如回声般模糊的声音传来。虽然听不太清楚，但好像不是女人的声音。这声音好像暗号一样，本来昏暗的视野，一下子变得明亮起来。这里……是哪儿啊？一群年轻的女孩子围坐在桌边，一、二、三……总共七个人，都在二十岁上下。从餐盘、酒杯，以及挂在墙上的画来看，这里应该是西式餐厅的一个包间。

在灯光昏暗，微微有些颓废的气氛中，七个女孩子无忧无虑地畅聊着。我正在俯视着她们，从她们头顶的角度看下去——更准确地说，我是待在天花板的角落里。这真是个不可思议的角度，完全想象不到自己的身体现在究竟是什么状态。

我就像是挂在悬臂上的相机一样，视线逐渐下移，近距离掠过一个又一个正在喝东西，或是正在吃饭的女孩子的面前，悠闲得如同小鸟划过长空一样。可她们似乎谁都没有注意到我的存在，眼睛望着彼此，完全沉浸在聊天的火热气氛中。这是怎么回事？等等，这……难道是……

梦？我在做梦吗？是，似乎是这样的，我的身体好像不在这儿。这也是理所当然的。不只是桌子，还有盘子杯子什么的，本该撞上的东西，全都从身体里穿过去了。了解到这一点后，我便开始观察起这七个女孩子来。就像是突然将头部伸出水面窥探情况的水獭一样，我把头伸出了桌面，来回打量着她们。欸？怎么看每个人都这么面熟呢？她们不都是我的朋友吗？

在挂着画的墙壁右侧坐着的，依次是相田贵子、浅生伦美、下濑沙理奈，左侧则坐着贞广华菜子、村山加代子、近藤世绘——她们都是我的高中同学——此外，还有另一个人。

最后那个人的名字我想不出来，是不相识的人吗？不，明明应该是最熟悉的一个啊。但还是想不出来。这……唉……

当我终于想起来的时候，我惊呆了。这个人……欸？这不是我吗？第七个人是国生真纪，不就是我自己吗？先不管这个疑问了，这个"真纪"正兴高采烈的，咕嘟咕嘟地喝着酒，滔滔不绝地跟其他人聊着天。

"我啊，就这么一直帮家里做家务，也不太好吧？"

"欸——那你真的打算找工作吗，真纪？"沙理奈瞪大了眼睛，"你真的想去工作？"

看着她那嘴角歪曲，像漫画人物一般的笑容，我一下子想起

120

来了。这是去年——大概九月份前后——实际发生过的场景。可这一系列的画面，为什么到了现在又像视频一样在眼前闪现呢？

沙理奈是东京某私立大学的大四学生，这次是借着到母校实习的机会回家的。可我又偶然遇到了同样来实习的伦美。所以这一次，应该是在她们圆满结束了实习工作之后，沙理奈约我出来玩儿，我又叫上了其他四个人——就是这么组的局。

其他五个人还好，伦美真的是好久不见了，应该是高中毕业后就再也没见过了。去东京上大学的沙理奈，每次都在盂兰盆节或是新年前后回来，所以还是见过面的；可是在当地上了国立大学的伦美，却不知道为什么一直跟大家很疏远。明明高中时代每天都会黏在一起，叫上很多男生一起玩儿的。

"嗯，怎么说呢，按顺序来说好了。""真纪"好像喝得蛮醉的，像办个人演出似的，夸张地挨个看朋友的脸。

"总之开端就是，我终于做了。"

"做了什么？"

"啊——终于。"贞广华菜子突然竖起了食指，"和女孩子。"

"欸？什么意思？"

"一定是把毒手伸向了小萌妹吧？"

"这样说来，真纪以前也说过啊。"相田贵子莞尔，点头说道，"人类只有三种组合，这其中，男人和男人的组合，咱们肯定是没办法体验了。那剩下的只有一个，就是女人和女人的组合。"

"是的，说过。真是说到做到啊。男人和女人的组合已经做过了，剩下的就是把手伸向女孩子了。"

"可能是这样吧，我真的做到这一步了。不过，要说的不是这个，而是——我去相亲了。我——去——相——亲。"

短暂的沉默过后，包间立刻响起一片惊呼声。

"相……相……相亲？！"

"你吗？"

"啊——"

"欸？怎么这样？"

"你是吹牛吧？"

"那人应该吓坏了吧？"

"你是去见了蕾丝？"

"哇——厉害！"

"你竟然会去相亲？"

对了，想起来了。我是想要向大家宣布订婚的消息，才找来了这些有交情的朋友的。

"你们的反应也太夸张了吧。"虽然撇着嘴，"真纪"还是很满意朋友们的反应，"我怎么说也老大不小了，总要去相一两次亲的。"

"结果呢？怎么样？"

"还好吧。我是被父母拉过去的，最开始也没那么起劲儿。不过对方真是个不错的好男人。所以鄙人不才，就这么决定啦。"

"决定什么？"

"啊，相亲之后再决定的事，不就只有那一件吗？"

再一次的短暂沉默后，四下响起了欢呼声。

"是嘛！要结婚了吗？"

"你啊……"

"终于……"

"这么快……"

"我真不能理解啊！"

"不不，主要是我爸这么想的。"

"哇哦！哇哦——"

"今年年底订婚，明年春天举行婚礼。大家一定要来啊。"

"真纪，你……"沙理奈摇了摇头说，"那你为什么现在还要特意找工作啊？都决定要结婚了，现在还找……"

"正因为定了要结婚，所以才想好好工作一次的。就是这么想的。"

"我不太懂你的意思。"

"就是想给自己镀一层金。你看啊，婚礼上媒人会介绍新郎新娘的履历吧？这时，要是新娘只帮家里做些家务，什么正事也没做过的话……"

"那不太好吧？"

"会没面子的。"

"也还好吧？"

"你这么说，对做家务事的人很失礼的。"

"媒人也会很苦恼吧？高中毕业后没上大学，光在家游手好闲了。既不能直说，也不好撒谎，对吧？我爸也是这么想的，所以他已经给我找好工作了。"

"找到了？什么工作？"

"秘书。"

"秘书？"

大家也都知道，真纪没什么工作能力，听完她的话便都震惊了。这也是理所当然的。连我自己站在旁观者的角度听起来，都吓得身子往后一仰。唉，我最拿手的事就是组织联谊了吧？

"宫内集团，听过吗？家电生意做得很大。爸爸就是那儿的前任会长。"

"我知道，他好像以前还在县里做过议员吧？"

"啊，真纪，你爸爸认识的人可真多啊，有各种各样的门路。"

"不过，宫内先生现在已经退休了不是吗？"

"嗯，是啊。那这个秘书，究竟是要做什么呢？"

真纪一下子躲开了朋友们，像吃到老鼠的猫一样微微一笑。"什么也不做。"

"欸？"

"他现在像是顾问一样，每周大概去总部的大厦两次。我只要在那个时候上班就可以了。就像这样，派头十足地穿着西装，老老实实的。"

"就……就这些？"

"嗯，就这些。"

"就这样啊？"

"秘书哪是这样啊，只是个头衔吧？"

"蹭工资的！"

"不过，这还真是符合你的性格呢。"

"干到明年三月就辞职，我是这么打算的。完美吧？"

"婚礼的时候就可以这样介绍了——新娘是才女，曾给'宫内集团'的前任会长当秘书。"

"听起来真是才貌双全啊！哇——快叫我女强人。"

什么女强人啊，脸皮可真厚，骗子——各路讽刺声中，有个人歪了下头，不知在思考些什么。她就是村山加代子。虽然大家还稀里糊涂地用旧姓"村山"称呼她，不过她现在已经结婚两年了，所以应该叫她"石井加代子"才对。这些人中只有她一个人结婚了。

"那个'宫内'，是不是也在做一些外卖的生意？"

"这我可不太清楚。"

"喂，虽说你只是装装样子，不过还是得在那儿上班吧？至少应该了解一下啊。"

"这么说起来，是'宫内'旗下的'快乐工厂'吗？好像是做西式副食的？"

"啊，对对。"加代子冲世绘点了好几次头，"'宫内'的新当家和她太太似乎就住在我家楼上两层——我想起来了，他们就姓宫内，丈夫说是在'快乐工厂'工作。"

"年轻夫妇？多大年纪？"

"嗯，丈夫和妻子都三十几岁吧。"

"那可能是前任会长的孙子。"

"不，也可能是儿子。宫内老大儿女众多那可是远近闻名啊，光是儿子就有四五个呢。如果是小儿子的话……"

"对了，加代子，你现在住哪儿？"

"在寺庙后面——少草寺。"

话音未落，我注意到伦美的表情起了微妙的变化。啊，对了，我们还在上高一的时候，伦美的哥哥唯人就是在少草寺的樱花树上吊死的，已经是六年前的事了。包括"真纪"在内，其他六个人应该完全忘记这件事了，虽说当时，好朋友的哥哥自杀一事曾经相当轰动。

"那可是上好的地段啊。你们的公寓是买的吗？一定很贵吧？"

"不算太贵，毕竟是建成十五年的老房子了。我们买的是二手房，不过地段倒是不错。"

"你老公真厉害啊。公寓叫什么名字？"

"勒保罗·少草。"

"欸？我好像听过呢。""真纪"思考着，"勒保罗，勒保罗……啊，对了，下周开始我就要住在那儿了。"

"啊？真纪也买房了？"

"不，我爸爸本来有间房子在那儿，是刚建的时候就买的，后来一直租给别人住，偶尔也会空着。我要上了班的话，那里比我们家更方便一些。"

"说什么上班，明明就是顶着个秘书的头衔嘛，一周也就两次。必须得去吗？"

"也是啦。这不，我马上就要结婚了，想在那之前体验一下一个人住的感觉啊，悠哉游哉的。"

"和父母住在一起，你过得不也挺悠闲吗？"华菜子愤慨地说，"去年还玩过失踪呢。"

"失踪？"不知道这件事的伦美被吓了一跳，"究竟发生什么事了？"

"你听着，这家伙啊，从前年的圣诞夜到去年的二月份音信全无，包括家人在内，没人知道她在哪儿。大家都担心她是不是遇上什么事了，结果什么事情也没发生，只是和联谊活动中认识的男孩子跑去别墅快活了——有十几个人呢。"

"哇——还有这样的事情。"

"这可不是小事，他们家里都提出失踪人口的搜查申请了。"

"不过我那时真的很开心呢。有粗有细，有长有短，各种各样的都有。我挨个儿试了一遍，简直像做梦一样。时间飞快地过去了，回过神儿来已经二月了，感觉就像浦岛太郎一样。"

"哎呀，果然是真纪的作风啊。"

"不过中间还夹着过年，得有一个多月吧。就算是好色，你也该有个限度啊。"

"我也很着急啊，想着都这个时候了，得赶紧去准备情人节的联谊了，于是就回来了。"

"喂，你这个着急的理由可真是……"

"真纪你啊，这种事做起来反而是全神贯注的呢。"

"那你父母这下应该放心了。"伦美愣了一会儿后，开始捧腹大笑，"让你去相亲，也是想让你安定下来吧。真纪你居然这么轻易地实现了他们的想法。"

"可是，"华菜子仰天叹气道，"我不能理解的是，他们怎么能让这么令人不安的女儿，在这个时候了还出来一个人住。难道不怕真纪又回到老样子吗？"

"真是没想到，我会和加代子住同一个公寓呢。"

"真纪，我去年给你寄过搬家的通知啊。你没看吗？"

"附结婚照的那张吗？看是看了，不过那个时候没注意住址。你住几号房间？"

"四层，四〇六。虽然离电梯有点远，不过就在楼梯的旁边。刚才提到的宫内夫妇，他们住在六〇六。"

"哇！上下正好挨着呢，我住五〇六。"

"五层啊，那这下你可是会受到楼上的关照了。"

"怎么回事？"

"宫内家啊，有个不知道几岁的小男孩儿，楼上常常传来他活泼的笑声。他非常吵闹，特别调皮，让人挺头疼的。前一阵子，宫内太太竟突然出现在我家的阳台上，把我吓了一大跳。"

"欸？什么？"

"她出现在你家阳台上？是从天上掉下来的？"

"她在自己家的阳台上晾衣服，结果在屋里玩的儿子把玻璃拉门给锁上了。"加代子解释道。

"天啊！不过这也是常有的事。"

"晾完衣服后，她想进去，可是打不开门。尽管叫了好几遍儿子的名字，可他好像已经进到里屋了，根本没注意到。毕竟还是小孩子嘛，没发觉自己把妈妈锁在外面了。宫内太太没办法，只能找到紧急避难口，跳到了楼下的阳台上。不知道那个时候真纪父亲的房间租出去了没有，反正应该是没人在吧，于是她只好又下了一层。那个时候我忘了正在做什么了，反正是看着外面的风景，透过玻璃门正好看见了她，当即吃了一惊，但马上就开门让她进来了。"

"太恐怖了。可是，她为什么不跳到隔壁的房间呢？"

"阳台是每个房间单独的，如果要跳过去的话，有一定的距离。"

"不过她也很幸运，那时候正好加代子在屋内。"

"再一层一层往下跳的话就能跳到地上了。不过真那样跳的话，还是很危险的。我们那个公寓，顶棚建得还挺高的。"

"可能会受伤吧。万一赶上火灾啊之类非常紧急的事情发生，那可就……"

"虽然被儿子的恶作剧整得非常生气，不过以后楼下有了非常闲的真纪在，那她就不用再担心了。"

"嗯，这种事就交给我好了。"

"开玩笑的啦。那样的事又不会经常发生。可是，五〇六号房间应该和我家是一个格局吧，三居室。真纪你一个人住吗？太奢侈了。"

"最多也就住半年嘛，还好。"

"有半年时间的话，你也会为所欲为的吧？"华菜子再度愤慨道，"加代子，就像你刚才说的，假设宫内太太又被孩子关在了阳台上，真纪也不会帮忙的。"

"啊？为什么？""真纪"问道。

"因为你不会在家啊，一定不知道在哪儿玩呢。就算你在，那也肯定是带了男人回来，不管她怎么敲门，怎么呼救，你也肯定听不见的——听见的都是自己兴奋的叫声。"

"我不会再那个样子了。嫁人之前，我要好好珍惜自己的身体。"

"不过实际问题是，如果你住的地方有工作上的大人物的话，可一定要谨言慎行啊。"

"也是啊。没办法啦，那我就和家庭主妇加代子一起玩儿吧。"

"欸？真纪，我求你了，千万别把我引上不归路啊。我可是一心一意忠于丈夫的女人啊。"

"没有男人也可以啊，偶尔一起玩玩嘛。好不容易成了楼上楼下的邻居。对了，刚才说的那个女女组合，要不我们来试一下？"

"得了吧。停！停！开玩笑也不能这么说啊，再说的话我可要跟你绝交了。好害怕你是认真这么想的。"

就在这时，这七个正聊在兴头上的女子的身影，忽的一下就消失了。周围一片黑暗。不过……


（欸，怎么回……）

（回事，怎么……）

（么了，我懂……）

（懂了，这是……）

回声响起。模糊的回响后，瞬间出现了一个男人的身影，接着又立即消失了。不过我可以很清楚地记得，那是一个中年男子的面孔。与此同时，不知道为什么，"测量仪"这个词出现在脑海中，可自己似乎也不明白这究竟是为什么。

（哎呀哎呀，那……）

（那么，再看……）

（看一遍吧……）

驱散男子的模糊影像后，视野又一次明亮起来。

"我啊，就这么一直帮家里做家务，也不太好吧？"

"欸——那你真的打算找工作吗，真纪？"沙理奈瞪大了眼睛，"你真的想去工作？"

刚才那个"真纪"和沙理奈的对话又重复了一遍，就好像视频回放一样，最后，同样是以"真纪"和加代子的玩笑话结束。

"没有男人也可以啊，偶尔一起玩玩嘛。好不容易成了楼上楼下的邻居。对了，刚才说的那个女女组合，要不我们来试一下？"

"得了吧。停！停！开玩笑也不能这么说啊，再说我可要跟你绝交了。好害怕你是认真这么想的。"

视野再次变暗，我又被一片黑暗包围了。什么嘛，跟刚才完全一样啊。究竟怎么回事？为什么还要让我看一遍啊？我不知道该怎么做了。好像是听见了我无声的抗议一样，黑暗中传来了"测量仪"模糊的声音。


（这次，请……）

　（请看这……）

　　（看这里……）


　　视野再一次明亮起来。整齐排列的信箱旁边，一下子就看到了"国生"这个姓名牌。我现在看着的，应该是"勒保罗·少草"的公寓正门大厅吧。

　　我的视角应该是从天花板的角落看下去的，因为当我翻转一百八十度后，看见那儿还装着监控摄像头。

　　一个女人从正门走进大厅。她身穿白色羽绒服和修身牛仔裤——是"真纪"。这件白色羽绒服大概是去年十一月买的，所以至少也是那之后的画面了。

　　抱着与监控摄像头同化了的心境，我看到"真纪"打开了五〇六号房间的信箱，里面有三个大号信封。"真纪"歪了歪头，看到收件人的名字后，了解到什么似的点了好几次头。

　　啊，想起来了，这是去年十二月上旬前后的场景。当时，六〇六号宫内家的信错寄到了我这里。

　　"真纪"掉头往回走，打开正门的自动锁，到公寓外边去了。

　　我穿过信箱旁边的墙壁，追上"真纪"。这个秘技可不是跟着监控摄像头学来的。果然，虽然"真纪"想要把这么大的信封放到六〇六的信箱里，可最终还是放弃了。六〇六的信箱已经被其他信件挤满了，信封这么大，根本放不进去。最后，"真纪"只能把宫内家的信件交给公寓管理员保存。

这么说来，我为什么不直接把送错的信件交给宫内夫妇呢？反正之后也是要回自己的房间啊。宫内家就在楼上，楼梯也近在咫尺，即使他们不在家，那放在门边的口袋里就好了啊。比起特意去交给管理员，这样多省事……啊，对了，因为我只是讨厌看见宫内夫妇而已。他们都是我不太擅长应付的类型。

微胖短发的宫内夫人，每次看见她的时候都是极其低声下气的，她总是为孩子太吵一事感到抱歉，点头哈腰的，一副非常过意不去的样子。她那对藏在眼镜后面的小眼睛，总是贼眉鼠眼的四下张望，好像在找别人短处似的，令人厌烦。不知道是真是假，我曾听到一些传言说，宫内家的每个人都对小儿子的妻子赤裸裸地表现出一副"出身差太多"的态度——"虽然不是心甘情愿的，但是娶了这样的媳妇也没办法。""家庭不圆满，都是媳妇的责任！"连这种话都直言不讳地说，好像就等着让他们离婚呢。这可能也是宫内夫人每次都过度谦卑的原因吧。

忘了具体是什么时候了，有一次我正在房间里休息，忽然头顶上响起了一阵咚咚咚的猛烈声响。我着实吓了一跳，战战兢兢地出了房间，走上楼去，偷偷看见了这样的景象——宫内夫人正哈着腰，不停地在拧六〇六室的门把手，好像是从里面上了锁，她怎么也打不开，便一直发出咚咚咚的声音，让整栋楼的人都听得到的声响。

"开门啊，小松！求你了，开门啊！"

好像是她不在家的这一会儿，平时爱恶作剧的儿子就把门锁上了，或者也可能因为平日里堆积了太多家务方面和教育孩子方面的压力，所以她也顾不上会不会给邻居带来困扰了，直接就咣咣地敲门，不停的喊叫起来。宫内夫人如此混乱的模样，和她平时卑躬屈膝的样子截然相反，让人感觉她似乎要发疯了。不经意间把人类最原始的兽性呈现出来，更让人感到厌恶。

而宫内先生则是另外一种类型。可能是商人特有的习性吧，每次跟人打招呼他都特别和蔼，甚至到了夸张的程度，可你却看得到，他的眼睛里完全不带笑意。而且，他好像很没有耐性，只要别人有一点点不按自己的想法来，他就立刻流露出不高兴的表情。可就是这样一个人，却是我做秘书时的上司宫内先生的小儿子，真是让人头疼。

"勒保罗·少草"刚刚建成的时候，最开始买了六〇六室并住在里面的，好像是宫内集团的现任社长，宫内先生的二儿子一家。后来换了别墅，他们就搬出去了。之后入住的是长子夫妇、三儿子夫妇、二女儿夫妇，现在到了小儿子手里，就已经算是五手房了。宫内家族好像是有这样一个规矩，每隔两三年，当孩子的教育步入正轨之后，就会另建新居举家搬出。所以，这个公寓对他们来说，也只是一个过渡性的住处而已。

可能是我想得太多吧，但不得不接受别人剩下的残羹冷炙，这样的一份屈辱，小儿子难道不会感觉如鲠在喉吗？看他这么轻易地就流露出自己的不满，应该也不是一个特别有能力的商人吧，那也就绝对没有出息搬走的。不知道他到底是怎样的工作状态，经常在奇怪的时间段出现在公寓周围，这一点也很值得深思。总之，我还是想尽量避开他。

"不好意思。""真纪"回到正门大厅，敲了下管理室的窗口。

"怎么了？"管理员探出头来，大厅内立刻有一股烟味弥漫开来——是个烟鬼啊。虽然"真纪"非常讨厌烟味，但是比起宫内夫妇那毫无诚意的浅笑，这个大叔简直好太多了。"真纪"说明了事情原委后，管理员态度亲切地收下了邮件。可能由于比较闲吧，他跟"真纪"闲聊起来。

"在这里住得怎么样？"

"嗯，挺舒服的。在这儿住的，是不是年轻人比较多？"

"是啊，户主一般都租给上班族，还有很多刚生了孩子的夫妇。对了，你原来就认识四〇六的石井夫妇吗？"

"认识啊，但不是知道他们在这儿才搬过来的，真是太巧了。我跟石井家的太太从高中起就认识了。"

"石井夫妇，他们马上也要有孩子了吧？"

"是吗？我还没听说。实在想象不出和我一样大的朋友就要做母亲了的样子啊。"

"社会的少子化倾向真的很严重啊。你们这些年轻人，可一定要多生些健康的孩子啊。哦，这么说不太合适，涉及女权问题……"

"哈哈，要注意点才是啊。尤其要注意，不要认定女性的价值只是生孩子。"

"嗯。不过最近，很多家庭即使要孩子，也只生一个呢。不过我还是觉得兄弟姐妹多一点好。"

"只照顾一个孩子，就已经很困难了。啊，不过宫内家是有两个孩子吧？"

欸？听到这句话我自己都觉得很奇怪。为什么，"真纪"会这么自信满满地认定宫内夫妇有两个孩子呢？对此，管理员也摇了摇头。

"你说的宫内家，是六〇六那一户？他们家好像只有一个孩子呢。"

管理员表情惊讶的残像消散，黑暗再次降临。一瞬过后，我又回到了在天花板的角落里，回到了监控摄像头的俯视角度。说得更确切一些，就像是硬被拉了回来一样。穿着白色羽绒服的"真纪"进来，打开信箱——画面又像视频一样回放了一遍。

够了，我懂了。虽然理解不了其中的意义，但也没有必要看很多遍，一遍就够了。不知道是不是接收到了我的想法，就像把小石子扔向水面一样，"测量仪"的声音在黑暗中荡起了涟漪。


（接下来，请……）

　　（请看这……）

　　　　（看这里……）


这一次，我的视野中有些模糊的光亮。定睛一看，我应该是身处在日式房间中。微弱的橙色灯光中，有什么东西正在蠢蠢欲动。

我的视野从天花板慢慢移下来，看到四个男女全裸着互相缠绕着。男的是佑一、哲郎，都是高中生，去年也都参加了圣诞夜的联谊活动，女的则是贵子和"真纪"。

刚开始做临时秘书的时候，我还克制了一段时间，可是快到平安夜时，就又忍不住了。不过，如果规模太大的话，一定会惹华菜子她们生气的，所以我只找来了最闲的贵子。为了人数相配，也就只找了两个男生。

玩了很长时间之后，贵子提出："我们去真纪的公寓吧。"我稍一犹豫，她就拍着我的肩膀说："别担心，楼下的加代子应该和她丈夫一起回老家了。"果然，回到"勒保罗·少草"后一看，四〇六的房间黑着灯。虽然很害怕六〇六及旁边两个房间会不会有人，不过可能因为是平安夜的缘故吧，整栋公寓漆黑一团，我也就不再担心了。

最开始还是在里间，一男一女的搭配，但在交换对象彼此观看的过程中，几个人渐渐地就拥进了客厅旁的日式房间里。在只有六叠大的房间里，四个人塞得满满的，手啊脚的总是会撞到墙或壁橱的拉门。在四人的身下，做做样子铺的棉被乱七八糟地扔着，也由此可见这场肉搏战的激烈程度。

在不停更换对象的过程中，大量的汗和体液化成了黏黏的润滑剂。好像被巨浪戏弄的小船一样，"真纪"她们的身体大幅翻滚，不知何时起甚至跨越了性别界限，变成了男男、女女的组合。"真纪"和贵子的舌头纠缠在一起，互相用手指抚弄着对方的阴部。虽然是第一次这么做，但看在第三者的眼里，两人都像是这方面的老手般熟练。佑一和哲郎也自发地为彼此口交着。

"啊——"

在缠绕声和喘息声告一段落后，不知是谁发出了这个声音。虽然旁边客厅里空调的暖气已经关掉了，但日式房间仍像桑拿屋一样。汗流浃背的四个人就像被泼了桶水似的，湿漉漉的头上冒着热气。

"你先去淋浴吧。"

贵子全裸着走出日式房间。

"啊，我也去我也去。"哲郎也跟着出去了。

"真纪"简单地擦了擦身体，穿上睡衣。佑一也穿上内裤，站起身来穿过客厅，向厨房走去。

"我想喝瓶啤酒。"

"喂，你还没成年呢。"

"安啦。欸？"

佑一停下脚步，走进通向阳台的玻璃拉门，把本来露出一丝缝隙的窗帘一下子全拉开了。

"哇，好美！"

"欸，什么？怎么了怎么了？"

放眼望去，玻璃门上凝结了许多水珠，数目还不少。像是阳光下渐渐融化的冰雕一样，玻璃上形成了无数的水滴。

"发洪水啦！好像台风过境一般，竟然变成这样了。哈哈。啊，对了对了，"佑一苦笑着说，"是我们热气腾腾的，玻璃门才变成这样的吧。哈哈哈。"

"透透气吧,把窗户先开一会儿。不过要小心,千万别冻着了。"

越过窗前"真纪"的肩膀,我也看见了外面的景色。公寓旁边的地面上,有一个很大的包月停车场,一般都是租给通勤车的。到了晚上,除了"勒保罗·少草"住户的车之外,没有其他的车辆。

咦,那辆车是……黑暗中浮现出一辆白色的小汽车,从车位来看应该是宫内家的。也就是说,宫内夫妇现在已经回家了?那再继续疯玩下去的话就不太好了。

"真纪"离开玻璃门边,披上棉袍,坐到了沙发上。她似乎完全没有注意到那辆车呢。突然,一股冷风透过纱窗钻了进来。没用一分钟室内就充满了冷空气。

"啊,好冷。可以关上门了吗?关上吧……"佑一虽然关上了玻璃门,可是门却锁不上了,"怎么回事啊,关不上了。"

"你把门一直拉到最头上,关严了。"

"什么?可这应该是坏掉了吧?"

"不会的。如果关不严的话,那台风来时,雨水不就从缝隙里进来了吗?"

"这样啊。哦,太好了,关上了。呜呜呜,我都要冻透了。"佑一重新把窗帘拉上,撒娇似的抱着"真纪","暖和一下,暖和一下。"

浴室里传来贵子和哲郎的欢叫声。我撇下倒在沙发上的"真纪"和佑一,穿墙而过。

泡在热水中的贵子和哲郎仍在玩弄着彼此的胯间。刚才应该射过精的哲郎，那东西在贵子的手掌里却还像导弹做好发射准备似的。

看着在水气中如孩童般嬉戏的两人，我陷入了一种奇特的想法中。这不是很奇怪吗？因为……

不论是九月份和伦美、沙理奈的聚餐也好，还是把误放的邮件存在管理员那儿也好，这都是自己亲身经历的事情。因此，即使像视频一样反复重放，都还可以理解。即使视角和"真纪"的不同，也可以勉强理解为那是根据记忆中的画面重新构图而成的。可是现在，浴室里面贵子和哲郎调情的场面，"真纪"并没有看到。

我就这么看见了他们，是可以看见的。贵子在哲郎背后跪下来，轻咬他的臀部。一边吮吸着哲郎的股沟，一边从他两腿间伸过手去，握住了他的阴茎。哲郎将手搭在墙上，叉开双腿，不断发出尖叫声，让人听得全身发抖。我凭着从浴室中传来的叫声和响动，也是可以重构出这些细节画面吧？也就是说，我因此才能看到"真纪"并没有真正看到过的场景。

那么，或许我也可以看到楼上的样子？这么一想，我就抑制不住好奇心了，毕竟刚才还看到了停车场上他们家的车。

哲郎的屁股被贵子的舌头与手指攻陷，像是被关在笼子里的猴子挣扎着要逃出来一样，蹦蹦跳跳，气喘吁吁。我撇下这两个人，抬高视线，一口气冲破天花板，浮到了楼上。六○六的格局也是一样的，所以我首先来到的地方是浴室。灯没有开，没有人在里面，墙壁和地上也是完全干燥的。

来到西式房间里，我看到一个小男孩儿正在床上呼呼大睡。他有两岁上下吧，抱着一个很可爱的玩偶。虽然不知道名字，不过宫内夫妇应该就只有这一个孩子。看了看旁边的另一个房间，里面是空着的。可为什么那个时候，"真纪"竟误会他们家有两个孩子呢？

客厅那儿亮着灯，过去一看，宫内先生正趴在地板上。他在做什么呢？只见他正拿着相机，连续按动快门。镜头前的是个女人，穿着红色透明的贴身上衣与黑色的打底裤，正依宫内先生的指示，摆出一些像成人杂志的模特般大胆的姿势。

发现这个女人就是宫内夫人时，我大吃一惊。摘下眼镜，戴上金色的假发，即使不提那浓妆，也已经妖艳得无法与平时的她联系在一起了。看来也可以理解，宫内先生为什么要不顾家里的反对和她结婚了。

拍摄还在继续，宫内先生始终都是兴高采烈的，完全不知疲倦，看上去似乎有要拍一晚上的架势。夫人偶尔会因为摆出过于大胆的姿势而面露难色，但宫内先生那激动的样子却让人目瞪口呆。有几次，眼看着他就要动手打宫内夫人了，可只要妻子一顺从，他就又变得像小孩子一样欢天喜地。如此巨大的反差，让人不寒而栗。

正当我准备穿过地板回到楼下的时候，伴随着急速下落的感觉，身体忽然变得很重。身体？对，之前漂浮着的我，重新回到了"真纪"的身体中。

惊慌地看了看周围，这里不是"勒保罗·少草"，而是我的娘家。

困惑于久违了的身体重量感，我下意识地看了看身边。自己正在翻看报纸呢，日期是一月三日。啊，对了，从去年的除夕夜开始我就一直待在娘家，十分悠闲……

看着头版的标题，我顿时愕然——"市内一名家庭主妇被杀"。

被害者的名字是石井加代子。据报道，她是于元旦凌晨在公寓内自己的房间中被杀的。遗体发现人是她的丈夫。

元旦的凌晨，石井夫妇在外面看完日出，黎明时分回到家中。丈夫先去洗澡，这其间有大约二十分钟的空白。

从浴室出来后，丈夫就看见加代子倒在门廊处，已经断气了。门没有上锁。

丈夫说，回到家的时候应该锁过门的。如果采信这个说法的话，那就应该是有人突然来访，杀掉出来迎接的加代子后逃跑了。由于没有财物遗失的痕迹，警察判定这有可能是仇杀或变态狂的袭击，并对此展开了调查。


"真纪"的身影又跃入了我的眼中。慢慢地，视线移向头顶，"勒保罗·少草"五〇六室中，她正窝在客厅的沙发上，漫不经心地看着电视。可是——

"真纪"为什么还在这儿呢？没有理由继续住在这栋朋友被杀的不祥公寓里啊？实际上，连她的父母也都在极力劝她搬出去啊。

或者说，这是加代子被杀以前的画面？可正在播出午间新闻的电视画面上，显示的日期是今年二月。

"真纪"用遥控器关了电视，走向阳台。现在是白天，从玻璃门望出去，包月停车场里停满了车，宫内先生的车也在其中。

"为什么自己还在这里，你一定很惊讶吧？"忽然传来"测量仪"的声音，"看，答案就在这儿。"

话音一落，头顶上有什么东西在响，"真纪"抬起头往上看去。

突然有什么东西从楼上的阳台掉了下来，好像是被牛仔裤包裹的人的下半身正在来回摇晃，忽的一下就从紧急避难口飞了下来。

是披头散发、呼吸急促的宫内夫人，她透过玻璃门看到了"真纪"，便走了过来。

"不好意思，打扰您了。"

"真纪"拉开玻璃门，请她进来后，宫内夫人比平时更加谦卑地点头道歉。

"孩子又恶作剧了，趁我晾衣服的时候，从屋内把门锁上了。我丈夫又不在家，实在没有办法，才……"

宫内夫人吞吞吐吐的，好像也意识到了，"真纪"的目光此刻正倾注在自己的身后。宫内先生的车明明就停在附近的停车场里，这就意味着……

"啊，那个……"她的嘴一张一合，"我丈夫是走着出去的……"

"夫人，孩子恶作剧什么的，您是在撒谎吧？"

"真纪"用十分冷漠的语气说着，关上了玻璃门，像是专门做给宫内夫人看似的，动作特别缓慢。对了，要锁上的话，一定是要把门彻底拉到边上，完全合拢才行。

虽说不太习惯，可是连佑一都很难关紧的玻璃门，两岁的小男孩儿怎么可能锁得上呢，手根本就够不着吧？

不只是玻璃门，还有锁链的问题。两岁大的孩子不可能办得到。不过，要是除了这个孩子——对，除了这个孩子之外，还有一个再大点儿的男孩儿的话，可能就是另一回事了。

"遇到家暴了吗？"

妻子如果按自己说的去做就会十分高兴，但如果稍微反抗一下就立即性情大变，宫内先生一定是这样的。一旦遇到妻子稍有不从，他就会立刻不顾缘由地大发雷霆，将妻子关在阳台或者走廊外。只要不道歉，就不会原谅她。

——开门啊，小松！求你了，开门啊……

这全都不是孩子的恶作剧，而是被丈夫虐待了。

"找谁谈一下吧，要是一直这样下去的话，迟早会……"

突然，宫内夫人变得像鬼一样可怕，直逼到我面前。

我和"真纪"的视野再度重合，在恢复身体重量感的同时，也感觉到呼吸困难——宫内夫人正掐着我的脖子。

啊，我终于明白了。加代子一定也发现了同样的事实。元旦凌晨，因为五楼的我不在家，宫内夫人只好下到四楼，加代子由此看出了真相，然后就被……

我慌忙想推开宫内夫人的手，可是办不到，她的力气非常大，根本推不动。

我被按在了床上，虽想用膝盖把她顶开，可她纹丝不动，红着的眼睛眨都没眨一下。欸？我会被杀吗？我就这么被杀了？

血液不断沸腾，在大脑的阵痛中——"你应该明白了吧"——闪过了"测量仪"的声音。

我不明白。做点什么吧，求你做点什么帮帮我。讨厌，我讨厌死亡。

"很遗憾，我什么也做不了。你好像忘了，你已经死了。你现在看到的，只是回放的画面。"

为什么？为什么我会……

"和上个月的石井加代子一样。谁也不会知道原因的，谁也不知道——恐怕宫内夫人自己也不知道。或许，只是因为不想让别人知道自己和丈夫间的矛盾吧。"

如果家庭生活不够和睦的话，那就全是自己的责任。因为对丈夫有着执着的信念，所以宫内夫人想要装作什么也没发生过吧。丈夫什么也没做过，那只是孩子的恶作剧而已。仅仅因为这点事情，仅仅因为这点事情，她就把我和加代子……

"不知道能不能给你带来点慰藉，宫内夫人后来被逮捕了。法院认定她有罪，判了死刑。"

"测量仪"的这句话，已经无法再撼动眼前的黑暗了。我被留在了一片连空气的微波都无法荡起的空间内。

非在 ————

周围怎么这么吵呢——原来电视还开着。男女两位播音员正交替报着新闻，偶尔还会因不得要领的评论而相视一笑。两人都是早起时才会看到的眼熟面孔。欸，怎么回事？现在外面天还黑着，但莫非已经是清晨了吗？

　　空调还开着暖风，噪声虽不大，在我听来却如猛兽咆哮般刺耳。

　　"啊——咦？"我不知不觉发出呻吟，"啊，相田？"

　　四肢修长，身材和我差不多的年轻女子正仰躺在地板上。剪得较短的波波头，散开的头发就像个超大的刷子一样。上衣前襟敞开，胸部露了出来，下半身只穿了内裤。

　　相田贵子——没错，就是她，那看向天花板的呆滞目光一动不动。虽然碰一下她细腻光滑的雪白肌肤，还是能感觉到些许体温的，但很明显，她已经死了，脖子上缠着毛巾之类的东西。

　　被……被杀了！相田被杀了！什么？怎么回事？谁？到底是

谁做的？这种境况当然是……我慢慢地走向隔着一条走廊的，客厅对面的日式房间，想要一探究竟。

可能是耗尽了全部的精力，身体已经十分疲惫了吧，房间内巨大的呼噜声此起彼伏。这些男子都是半天前刚刚认识的，连名字都还不清楚，不仅如此，甚至连屋子里还有几个人都不清楚。是他们中的谁，把相田给……

不……不对呀。从现场的情况来看，相田应该是刚刚被杀不久，应该没过几分钟。那个凶手应该不会再回到这个日式房间里，滥竽充数地睡觉吧？他可能已经逃走了，或者……还躲在屋内的某个地方？


前一天，我还和丈夫、婆婆一起，去了年前刚刚开业的饭馆"TOP INN·御厨"吃午饭。或许是因为晴天的关系吧，我们坐在顶层云景餐厅的窗边，眼前的景色壮美无比。可对于与婆婆同席的事实，则需要彻底无视。

最近，婆婆的话题全都围绕着高龄产子这件事。不知道是在哪儿看到的，说什么四十岁生第一胎已经不是稀奇的事了之类的，很明显是在讽刺儿媳妇吧。她或许只是想说说这些八卦而已，我虽然表面上一笑置之，但心里却感到异常烦躁，好几次都冲动地想说——婆婆，你要是觉得现在也不晚，还想要孙子的话，那就先管好你自己的儿子吧——接着把桌子掀翻。唉，有婆婆在，再好的饭菜吃起来也索然无味。

丈夫若能察觉我的不快，至少说点缓和场面的话也好，可他却一点反应也没有，甚至还提出回去的时候去教堂看看。饭馆大厅的楼梯间设了一个公共教堂，因为有两层高，所以从门口望去，即使不是来宾也可以看到婚礼的样子。虽然不清楚正式的名称，不过好像大家都叫它空中教堂。

乘电梯到二层，门口已经密密麻麻全是人了。通常，人们都是走向那条商店街的，可现在却都堆在电梯口，视线穿过透明的齐胸高的墙，望着教堂的方向。开放的教堂里聚集着盛装的男女老少，仪式似乎才刚刚开始的样子。好像知道我在等着一样，电子风琴声适时响起。

里间的门开了，新娘在父亲模样的中年男子陪伴下出场。虽然穿着婚纱的新娘光彩照人，可是我完全无暇顾及。我的目光，全部被新郎所吸引，他正和神父一同等着新娘呢。那个人，我好像在哪儿见过……想起的一瞬间，我不禁"啊"的叫出了声。

"怎么了？"被丈夫这么一问，我有些焦虑了。为了敷衍过去，我装出一副欢喜的模样，"那个孩子，是我以前教过的学生。"随后又压低声音补充了一句，"叫小亲。"

"哎，那可真是太巧了。"丈夫笑逐颜开，应该以为我说的是新娘吧。然而不是那样的，我教过的人是新郎。但我教的是家庭生活课，当时，我们学校还不设让男生参加的烹饪课程，所以其实也没有直接教过课，只是当过他高一时的班主任。

鹈饲广亲，他从我任教的私立高中毕业，应该也有七年了。就在我快要忘了他的时候，却又以这种形式再次见到他。

"好不容易碰到了，我想过去说一声恭喜。"

151

言外之意就是说，我可以看到婚礼结束吗？可能是为了帮我缓和一下刚才吃饭时的不愉快吧，丈夫意外地简单说了句："啊，好啊！"点了点头表示同意。他看了一眼手表，也不忘照顾婆婆。

"那我就先回去了，你没关系吧？"

婆婆要看的电视节目马上要开始了。今晚，我们预定住在婆婆家里。

"嗯，完事后我坐公交回去就行。"

他们乘电梯下楼，穿过大厅后走向饭馆专用的停车场。我怀着一种憎恶的心情送走了丈夫和婆婆。当初怎么会和这么无聊的男人结婚呢，一种后悔之情油然而生。

这也是因为——

对，现在我终于明白了——望向教堂，穿着礼服的新郎正对着新娘微笑——这都是广亲的错。

九年前，我和他有过肉体关系。广亲当时只是高中一年级的学生，因为我们学校是初高中一体的，所以从初中的时候开始，我就强烈地希望能和他扯上关系。虽然有负责的科目，但可能和他什么接触也没有就这么结束了，我内心已经放弃一半了，可是另一半却又安心地享受着对他的猥亵幻想。直到后来，我偶然成了他的班主任，终于可以自然地接触他了。这时，我的欲望就像是崩溃的堤坝一样，无法抑制感情的洪流。

在那之前，我还只是个闯入了奔四大军的闺秀，每天住在娘家；在那之后，我便在学校附近租了间公寓，开始了独身生活——只是为了和广亲见面。

从娘家到学校只有二十分钟的距离，为什么要另租公寓，做这么不划算的选择呢？这招致了父母的怀疑。我只好解释说，自己似乎快到更年期了，每天上下班都很累，对自己的身体状况没有自信之类的，找了些借口出来。由于公寓完全没有让广亲之外的人进来的打算，要对所有人保密，所以，在学校的员工名单上，我留的还是娘家的地址和电话。在他毕业前的三年间，我们的关系一直如此。

那是多么浓重的三年啊。我珍惜每分每秒，一味地沉浸在和广亲的情欲中。现在回想起来，从一个教育工作者的角度来看，这简直是搭起了一座危险的桥梁，足以让人吓出一身冷汗。但当时，我完全被色欲迷昏了头，只要能一直和他的肌肤贴在一起，怎样都无所谓。如果我们的关系真的被大家发现了，那就私奔——我甚至有过这种念头。

无限沉溺于一个年纪可以做自己儿子的男孩的肉体，这样的蜜月终究到了头。高中毕业后，广亲去了东京的某所私立大学。与此同时，我们之间的关系也断绝了。虽然有几次，我趁着假期时间，找了适当的借口去过东京，试图和他约会，可他终究还是苦苦挣扎，不愿再接受我这个半老徐娘。在学生时代还好说，一旦他这样的年轻男子被繁华的都市所迷惑，你就再也无法一直吸引他的注意了。广亲只不过觉得，自己是和轻佻的女教师玩儿了一把火。而自从我被他抛弃后，命运的齿轮就开始疯狂转动。

听谁说起过，对女人来讲，性这个东西，不做的话永远不做也没有关系，可是一旦做过了，就会忍不住一直做下去。不知道这种说法有没有普遍性，可至少非常符合我的情况。而且，广亲高中毕业的第二年，我就正式加入了四十岁大军，这微妙的年龄也是原因之一。

总之，我非常焦急，迫切希望尽快找到一个能替代广亲的伙伴。说这是性爱的脱瘾症状可能只是开玩笑，不至于想得那么极端，可是自己也无法解释，我为什么那么鲁莽地走上了结婚这条最愚蠢的路。

丈夫是我的中学同学，女生背地里都叫他"边子"，虽然不知道为什么给他起了这个绰号，可我的脑海中至今还可以浮现出，当时叫他外号的女生们那清一色的轻视表情。我一定也是其中的一员吧。然而……

广亲毕业那年的初夏，由于一直使用的便章不见了，我便去"Home Center"想再买一个。就在我找到自己的姓氏"梶尾"的印章时，伸向架子同一行的一个男人的手，碰到了我的手指。

"啊，梶尾……顺子。"

对面那个礼貌地叫出我全名的人，我完全记不得他姓甚名谁，脑海里浮现的只是他的绰号"边子"。可尽管如此，这种在俗套电视剧里才有的重逢戏码，让我这焦急的半老徐娘体会到了一种宿命感。

还没结婚的他，初恋对象不是别人，正是我。当我得知，他现在还热烈地倾慕着我时，我就开始主动接近他。可终于走到结婚这一步的时候，我却立即后悔了。就像烂俗的重逢剧情的催眠术被破解了一样，我清楚地意识到，丈夫竟然是被女同学们叫做"边子"的——虽然还不知道这是什么意思——被轻视的男人，这件事简直太不靠谱了。

而且，因为丈夫过世的父亲在市内经营大厦出租业务，生意做得很大，作为继承人的他其实是个大资本家，即使不用辛苦工作也不愁吃穿。这种身份也是让我不快的原因之一。第一次去见婆婆的时候，她就用一种带着怜悯之情的轻蔑目光看着我，一定在想，又来了一个贪图我们家财产的女人吧。我由衷地感到气愤。

要说自己到底在生什么气，那就是，如果不是我昏了头的话，本该一辈子都结不了婚的丈夫，过了四十岁之后便对女色失去了兴趣。他像是已经对我的身体厌倦了一般，完全不想跟我过性生活，加之异样的自尊心作祟，他又不会随心所欲的出去玩。就这样守着童贞结束一生的男人，真是无耻至极。

是谁让我陷入这么倒霉的窘境的——当然是鹈饲广亲。他现在竟然在我的眼前，伴着唱诗班的合声，幸福地和年轻貌美的新娘交换着戒指。这……这种事能被原谅吗？！

愤怒的火焰熊熊燃烧，情绪即将失控之时，有人对我说了句："请问……"不知什么时候，我身边站了个二十多岁的小姑娘。高挑的个子，视线差不多和我一般高。这副身材勾起了我的回忆，多半是我教过的某个学生吧，只是想不起名字来。

"您是顺子老师吗？"

有一段时间，学校里还有另一位姓梶尾的代课老师，为了方便学生区分，我就请大家叫我的名字。

"是的。那你是……"

"我是相田，相田贵子。"

想起来了，我教过她。大概比广亲小两岁。

"老师，您怎么在这儿？"

提问的语气很微妙。相田的表情有些惊讶，却又好像是在责备我为什么会出现在这里。虽然新年时分，在这种场合下重逢确实过于巧合，可她又有什么理由责备我呢？

"没什么。"还是想不通。我扶了扶眼镜，抬起下巴看着她，"我刚才在上面吃午餐，下来时正好看见仪式开始，就想欣赏一下。"

"哦，这么说……"好像在判断什么似的，她的眼睛一直来回打量着我和教堂，"那么，您不是知道了才来的？"

"知道什么？你是说鹈饲？根本不知道啊，完全是偶然遇到的，着实吓了一跳。你呢？"

"我意外地知道了今天的事情，终于……"

终于？好奇怪的说法，总觉得其中是有隐情的。相田拉住一脸困惑的我，半强制地离开了教堂。

"您现在有时间吗？"

"嗯，有的。怎么？"

"去楼下喝杯茶吧，我有话想跟您说。"

被她拉着进了电梯下到一层，进了一间开放式的咖啡厅。这里有一面墙是玻璃做的，我们坐在了阳光倾注，可以将奢华的日本庭院一览无余的桌子旁。虽然是个愉快的开始，可教堂里的欢呼声却不合时宜地响起。

我重新打量了一下相田——高中时她是个土里土气的丫头，戴着好像喜剧演员用的道具一样的眼镜，发型明显是花了时间仔细整理过的，可整体上却有种微妙的不协调感。个子很高，可是一点用都没有，言行都很迟缓，也算不上秀气。

可是现在，相田却跟彻底换了个人似的，不仅没有带俗气的眼镜，妆也化得很自然，头发也剪成了短短的波波头，和她有点婴儿肥的脸很相配，散发出莫名的魅力。本来很不中用的高个子，现在看起来也有了一种飒爽英姿的模特范儿。

看着这样的她，我忽然想起了广亲以前常说的话："顺子老师，你啊，虽然戴着那么俗气的眼镜，又土又没品位，一看就是超级丑女，可是身材却超级好，这种不平衡感让人充满激情。"我一直觉得这不是恭维，不过这么一看，相田和我是一个类型的。一边想着我应该没那么邋遢，一边抬头望向楼梯间的方向，虽然还听得到电子风琴声和唱诗班的合唱声，可是从这个角度却看不到教堂里面的样子。

没有在意困惑中的我，相田喊了句"老师"便打开了话匣子。"我要说的事情，听起来可能很奇怪——您相信预知梦吗？"

"欸？"

我呆住了。预知梦？听起来像外语一样的词，又加重了我的混乱。可能是我露出了极其恍惚的神情吧，相田急着解释道："就是说，梦到了即将发生的事情。"

"就是梦的启示一样的感觉吗？我不太懂，这怎么可能呢。"

"实际上，我去年——确切地说是前年——除夕的前半夜，梦见了。"

"什么？"

"您还记得我的同学加代子吗，结婚前姓村山？"

"村山……加代子？"听到这个名字，我有种不祥的预感，"嗯，是和你一起上过烹饪课的吧？她怎么了？"

"我曾经梦到过，加代子被一个陌生女子勒住脖子。"

我一时语塞，似乎明白了自己有不祥预感的原因。

"之后，老师可能也看到新闻了吧。去年的元旦，加代子真的被杀了，而且就像我梦见的一样，是被掐死的。"

"这个事件……好像还有另一位受害者。"

"对。加代子遇害后不久，我的另一个好朋友真纪也被杀了，凶手还是同一个人。"

国生真纪和相田同班。不知道这个比喻是否合适，但她就像是不游泳就会死掉的鱼一样，总是充满精力，非常调皮。

"凶手就是和她们住在同一个公寓的女人。忘了具体原因是什么，她先杀了村山，后杀了国生。"

"对，就是这样的。我在事件发生前的一晚梦到了真纪。"

"怎么回事？真的吗？"

"我梦到真纪被杀了，而且是被同一个女人勒着脖子，然后……"

"第二天就真的发生了？"

相田点头。在她奇怪的脸色面前，我不知该做出怎样的反应，茫然不知所措。从相田的态度来看，她不像是在开玩笑，但可能因为语气淡然的缘故吧，我不知道究竟应不应该把这当真。况且，她为什么突然要跟我说这些事呢？

"而且，这也不是我第一次经历类似的事情了。"

"也就是说，你以前也做过预知梦？"

"那是七年前的事了。老师，您还记得浅生伦美吗？她和我也是同班。"

"浅生……嗯，我记得。"

"她不是有一个哥哥吗，和我们同一个学校，比伦美大两岁。"

"哥……哥？"

"是叫唯人吧，在我们上高一的时候去世的，吊死在少草寺内的一棵树上。"

"是自杀？"

好像是发生过这件事的，但拼命搜寻记忆，也还是记不清了。浅生伦美是个很可爱的女孩儿，谁都想把她当成自己的妹妹，推荐给她的国立大学，她也很轻松地考上了。很聪明，是个会让人印象深刻的学生。不过，她哥哥的事情却是一点也不知道。浅生原来还有个哥哥啊，关于这一点，记忆很模糊。比她大两岁的话，那应该和广亲同级吧？

"七年前，高一那年的一月八日，我梦见伦美的哥哥吊死了。不过，在梦里并不清楚那人究竟是谁，只是觉得好像在哪儿见过。结果第二天，我就听说伦美的哥哥吊死了。啊，是这么回事啊？！"

不知道是因为冷掉了，还是一开始就只是做做样子，相田叫的咖啡一口都没有动。她叫住经过的服务员，要了杯酒，又一脸认真的表情望向我。

"这之后还发生过几次类似的事情。老师，您怎么看？您相信这种事吗？"

"预知梦？说实话，我也不知道该说些什么，至少我自己没有经历过。不过，我倒是经常听到类似的事，觉得也不能一概否认。你做的预知梦，命中率有多高？梦到的事情，一定会在现实中发生吗？"

"在我记得的范围内，是的。去年还梦到过呢。"相田一口喝掉服务员端上来的红酒，"说是去年，不过就是除夕的前一天晚上，也就是一周前的事。"

"这次……又梦见谁死了吗？"

"大前天的新闻您看了吗？元旦那天的黎明，诹访香被杀了。"

"诹访？哦，是那个艺人啊。这么说来她也是本地人呢。"

"她父亲在这附近开了一家私人诊所。她这次好像是秘密回乡探亲来的。凶手还没有抓到，案发现场是在她自家宅邸的别屋。从现场状况来看，可能是亲人或者熟人作案。"

"你梦见诹访香被杀的场景了？"

"嗯，是被一个男人勒死的。实际上，报道中也说她是被人绞杀的。"

"除夕前夜……村山也是在那个时候被杀的吧？那么，你每次都是在他们被杀的前一天晚上做预知梦吗？哦，不过，你梦见国生及浅生的哥哥时，也不是事件发生的前一晚吧？"

160

"基本上总是在那之前的一天。不过除夕之夜，我总是会因为这样那样的事情一晚上不睡，熬到天明直接就去看日出。所以日期上虽然是大前天，但实际上就是睡觉前的那天晚上。"

我现在还是不能完全理解，感觉太麻烦了，便只回了句"是这样啊"，点了点头。

"最近这五年前后，在御灵谷市内，每年的元旦都会有女性被杀的事件发生。"

"欸？"我震惊了，完全不知道有这种事发生，"真……真的吗？"

"作案动机既不是抢劫也不是强奸，甚至也没听说有仇杀的成分，这些事件都是这一特征，所以有人说，凶手可能是同一个人。详细情况我也不了解，除了加代子和诹访香之外，其他人的事件我也没有梦到过。所以说，预知梦也不是万能的，必须是认识的、身边的人才梦得到。"

"是这样啊……那你私下里认识诹访香？"

相田的目光有些呆滞，与其说是有些不安，感觉倒像是在犹豫什么。

"还是说，因为她是明星，所以你认得她的脸？"

"那是鹈饲的前……"相田忽然闭口，缓慢地抬起视线看向楼梯间那边。仪式应该已经结束了，教堂那边很安静。她好像重新恢复了元气，微笑着说："诹访香本名叫末次香织，和鹈饲学长，还有伦美、沙理奈都是同一所小学毕业的。"

沙理奈？应该说的是下濑沙理奈吧。她是相田的同学。淘气的程度和国生不分上下，我记得，当时做她的生活指导员时可是费了不少劲呢。可她跟好学生浅生的关系特别好，而且还轻松地考上了东京有名的私立大学，真是世事难料啊。

"这么说来，沙理奈是前年做实习教师的时候来的。现在应该已经毕业了，在哪儿当老师了吧。"

"不是哦，我听说她好像读了本校的研究生。"

"这样啊，她也不准备当老师了吧。"

"老师，实际上……"我本想轻轻地一笑置之，却被相田的声音盖了过去，"接下来我才要说正题。"

"欸？"

"不喝酒的话我说不出口。"先打个招呼，再叫上杯酒，如此才能进入主题啊，"您可能也知道，我和鹈饲学长发生过关系，就在最近。"

本来应该很惊讶的，我却表现得异常平静。从刚才相田那些富有深意的话来看，她可能已经微微觉察到我和广亲之间的事了也说不定。

"总觉得要做点什么，我一直这么想。所以，今天……"她又斜眼往教堂的方向看去，"今天就来这儿了，装出一副无所谓的样子。我当然也知道，即使来这儿了也不会怎么样，可不来的话又会一直坐立难安。虽然老师说了自己是偶然路过，可您真的只是路过吗，不是特意过来的？"

对话的发展偏离了我的预想，让我有些不知所措。

"怎么了？"

"鹈饲学长的游戏档案就要到此为止了，您不会为此而烦恼吗？"

"档案？"

"是他自己得意地这么叫的，不过也没那么夸张……"相田忽然眨了下眼睛，"难道老师您不知道吗？"

"不管我知不知道，我真的只是偶然来这边吃午餐的，完全不知道鹈饲结婚的事。"

相田把已经送到嘴边的杯子放回到桌上，弯腰向前，盯着我看。

"难道老师您还以为，自己和鹈饲学长的关系没有暴露吗？"虽然她只是小声耳语，但我还是瞬间惊呆了。该来的还是来了。

"老师和学长的关系，虽然只在一部分学生中流传，但也是相当有名的。啊——我明白了，顺子老师，您是鹈饲学长喜欢的类型。"

"鹈饲……喜欢的……类型？"

"您看，"再次举起杯子的相田，指着自己的脸说，"学长就喜欢像我这种又土又难看的女人，因为他很自恋。"

"自恋？"

"就是自我陶醉，所以不要求女人的美貌。因为主角不需要两个人。为了性，只要器官完整就可以了。体形合适的话，不是美女反而更好些，对吧？"

看着忽然开始讲得热火朝天的相田，我目瞪口呆。

"虽然有点自吹自擂，但我觉得自己的身材还是很匀称、很

163

完美的。只要仔细化一化妆，我有可以做时尚模特的自信。可如果那样的话，鹈饲学长就不会对我出手了。正因为我是现在这样的丑女，才会引起他的注意。虽然说这些很失礼，但我想，老师也一定注意到这点了吧？"

回过神来，也不知道自己什么时候点了酒，我拿着和相田一样的酒杯，已经连喝好几杯了。身体开始莫名地发热，一定是摄入了太多酒精的缘故吧。

"可……可是，今天的新娘却不是那一型的呢。个子小小的，看哪儿都很漂亮、很可爱。"

不经意间说出这句话，就相当于委婉地承认了自己和鹈饲的关系。

"所以啊，他需要从妻子身上获得除了性之外的其他东西。我听说，对方是一位家境很好的大小姐，这可能是他刚成立公司之后，筹措资金的其中一步吧。"

"你刚才说，他的档案，那是怎么回事？"

"鹈饲学长，把和他有过性关系的所有女人都记录保存了起来。"

"欸？记……记录？"

"先是写文章，记下女方的姓名、简历、性格和身体特征，甚至还有床上的样子，以及平时的声音和那时候的叫声有何不同，记录得特别详细。"

"为什么……为……为什么要这样？"

只是兴趣？不，相田的回答超乎了我的想象。

"做成遗物，好像是为了这个。"

"遗……啊？遗……遗物？"

"人死之后，能决定自己人生评价的就是遗物。学长好像是这么想的。他的目标是两千人。"

"两千……人？"

"总之，碰上什么人就和什么人发生关系。普通人的话大概目标一千吧，他长得还不错，性格也很诚恳，说不定可以翻倍。不过，即使真的在有生之年达成了这个目标，光靠嘴说世人是不会轻易相信的，而且死后，也没有可以让他的这项壮举传颂下去的资料。"

用到"壮举""传颂"这样的词，真是很滑稽。相田可能也意识到了这一点，露出了一丝冷笑。

"所以啊，必须要把这些事都记下来。光靠写文章还不够，可能会让人怀疑是捏造的。"

"捏造？啊，都是妄想的？"

"如果两千人的事被认为是捏造的，他是无法忍受的。于是，除了写文章，他还拍了很多视频和照片作为证据。怎么做的呢？似乎瞒着女方，用隐藏摄像头拍到的。"

这简直就像是滑稽画一样，我的心中充满了疑问。这时，相田又给我泼了盆冷水。

"老师您也被拍了，我记得。"

"真……"

"我亲眼见到的。"

"真的吗？"我想一笑置之，却无法掩饰自己的狼狈相，"可……可那个时候，他还是高中生啊。"

明白了。我把那间为了和他约会而租的公寓的备用钥匙给了广亲，也就是说，他趁着我不在的时候偷偷装了摄像头，这种事也不是不可能的。

"我也见过自己的，由于一直在动，所以影像画面也不十分清晰，但是认识的人一看，就能看出这是相田贵子。您说，是不是很头痛啊。学长也是，单身的时候还好，现在结婚了，不知道他打算怎么负起这个档案的责任呢？"

果然，我终于明白相田提到广亲结婚时说的那句"装作毫无防备的样子"的原因了。"是啊，一旦成家的话，一定很苦恼要把这些东西放在哪儿保管吧。最重要的是，婚后如果打算继续沉湎于女色的话，那以前的记录暴露的风险就会非常高……"

"我都在说些什么啊。本来是想说，如果鹈饲学长明天就死了的话会怎样。这……"看着一下子向嘴里塞满了东西的我，相田立即接着说，"对吧？他自己有随意和女人交往的档案，即使这些记录真的成了遗物也不足为奇。但是，真的到了那个地步的话，那我们这些不堪入目的照片和视频就……"这时，相田的手机响了，"不好意思。"说着，她拿了包走出咖啡厅。

"还需要加一个注解啊。"

我心不在焉地看着正在打电话的相田，耳边却响起了这样一个声音——是坐在隔壁桌的一个男人。他瞥都不往这里瞥一眼，视线游离，像是在思索着什么，可很明显，是他在和我搭讪。他的容貌本来就难以让人读懂他的表情，再加上穿了一件很普通的上班族风格的西装，显得更加没有个性，也看不出他的年纪。但在看见这个男人的瞬间，不知道为什么，我想起了浅生的哥哥——唯人。明明刚才和相田谈起他时还一点都回忆不起来呢。与此同时，不知道是什么原因，脑海中浮现出了"测量仪"这个词。

"首先不得不怀疑的就是，鹈饲广亲为什么要把档案一事通通告诉给相田贵子，而且，为什么还把图像给她看？"

这么说来……是很奇怪。让她知道被拍下了那么羞耻的画面，一定很容易引起大麻烦吧，正常来说不是应该要绝对保密的吗？或者，是因为他觉得相田性格开朗，所以认为不用担心她？

"不对。他的举动绝不是因为炫耀或是醉酒，而是有着很实际的理由——男人的虚荣心。实际上，他不像相田贵子想的那样拥有丰富的女性经验，迄今为止，和他发生过关系的女人，除了今天结婚的新娘之外，只有三个人。你们两个，以及末次香织。"

末次……明明应该听过这个词的，却一时想不起来。

"高中的时候被女教师诱惑，到了东京上学后又和同乡的女艺人走得很近，这两个经验让鹈饲广亲彻底产生了错觉——只要想要的话，那全世界的女人我都可以拥有。虽说末次香织走的是亲民路线，但不管怎么说，他也是和上过杂志封面的偶像有过关系了，理所当然地，他开始夸张地妄想自己可以俘获全天下女人的心，结果却没能顺利地发展下去。他锁定了一个又一个女人，可是都没能如想象中那样俘获她们。这是为什么呢？"

末次——对了，是諏访香。

"他自己可能没有注意到，这是一种行为模式的缘故。如果是和自己初次发生关系的女教师同一类型的话，那参照过去的经验与成绩，就会令他涌出相当的自信，也就不会紧张。不紧张的话，事情才能顺利地进行下去。事实上，他就是这样轻易地搞定了末次香织的。可是，一旦真命天女们往他面前一站，他就会不自觉地变得紧张，怎么也没办法顺利沟通。"

真命天女们往他面前一站……说的是……

"意识到这并不是真理后，急躁而又自尊心受挫的他回老家休假时，尝试着对高中的学妹相田贵子出手，这么一试竟然顺利成功了，这又让他瞬间恢复了自信。实际上，这是一个恶性循环的开始。原来只有跟初次成功的对象相似的类型才会得手啊。这个事实，就这么无意识地烙印在了他的脑海里，绑架了他，拽住了他的腿。他渐渐地疏远了自己本来喜欢的那些女人们。说什么要俘获两千人，根本就是笑谈。他无法接受这令人失望的现实，只能依靠自己的档案簿了。本来，他只是喜欢把隐秘拍摄的视频和相片整理成一套日记式的文章，后来却萌生了捏造事实的想法，把实际上没有任何关系的女人写进文章、加以润色，伪装成事实就行了。由于这本来就是谎言，根本没有确实的证据，但好在有相田贵子她们的视频和照片，可以增加这些捏造出来的文章的可靠度。这样一来，和他发生过关系的女人，数量就直线上升了。一昔得手后的那种欺骗的快感，让他觉得像蜜一样甜，进而越陷越深、无法抑制。忽然对自己这逐步扩大的谎言产生了危机感的他，想试试看这捏造的记录究竟能把人骗到什么程度，而他选择的实验对象就是相田贵子。像你刚才说的那样，相田的性格相对开朗，跟她开个玩笑的话应该也能得到原谅，可能就是出于此种考虑才选择了她。总之，相田完全听信了他的胡言乱语，于是他就恢复了自信，变得不再恐惧这悲惨的现实了。如果这个把谎言坚持到底，只掺了一点点真相的档案作为遗物公开的话，他的人生一定会无比辉煌、无比华丽，会因世上最多的女性经历而大放异彩。"

也就是说，广亲喜欢我这种类型，这只是相田掺杂着自己的愿望而产生的错觉吗？我差点就要这么问"测量仪"了，最后一刻还是放弃了，"可……可是，他今天不是结婚了吗？新娘和我们完全不是一个类型。"

"你好好想一想。以俘获两千女人为目标，沉溺于女色中的男子，为什么才二十多岁就要结婚了呢？不用想也知道，一定是新娘主动提出的，而且是他此前不管怎么追也追不到的那种真命天女型的。这么难得的幸运落在自己头上，怎么能错过？焦急的人会一时头脑发热的，因此，虽然看着挺幸福的，但其实他现在已经后悔了吧……"

"老师，"相田不知道什么时候回来了，她的声音让我回过神来，"在这之后，您今天还有什么安排吗？"

我慌张地看向旁边，隔壁桌是空着的。

"嗯……没什么安排。"

"太好了。那接下来，我们一起去尽情地玩儿吧！"

"欸？"

"哪能只让男人们为所欲为啊。"

明明不可能的,但听起来相田好像看穿了我和丈夫之间的事。可能是受到了刚才说的预知梦的影响,我产生了她确定拥有超能力的错觉。

相田颇有深意地朝我眨了眨眼,拉起我的手,催促我站起来。可酒劲儿比想象中还要大,身子沉甸甸的,动作十分迟缓,头脑也很不清醒。反正回婆婆家去,也只是和丈夫、婆婆一起打发无聊的时间,和相田一起也是个不坏的选择。我对这么轻易就下了结论的自己有点胆怯。打电话告诉他们一声吧,说自己要晚回去一会儿——刚这么一想,就已经被相田拉进了出租车里。好吧,那就之后再打电话吧。

说是一起玩儿,我还以为是去市中心呢,没想到出租车上了国道后便往郊外开去。大概开了三十分钟后,我醉眼蒙眬地看到一片稀疏的民房,以及宽阔的庄稼地与旱田。

下了出租车,相田还是一直拉着我,走上了田埂。没有铺过的路面和田地间隔着很深的排水沟,因为没有护栏,所以若是漫不经心地走,一脚踩空的话,就会掉进泥水沟里。

视线所及的范围都是农田,偶尔会有一两座小屋,像大海中的孤岛一样出现。相田把我领到了其中一家看起来像是新建的、日西折中的二层建筑中。

院内有个很旧的车库,卷帘门边上靠着一辆自行车。这和旁边那么干净的屋子形成了鲜明的对比,看上去给人一种荒凉的感觉。

进了房子一看，从门口进去就是一条长长的走廊，一直延伸到内里。里屋门前不知为什么贴着张纸，上面用荧光笔手写了"厕所"二字，这多少有点影响屋内别致的装修。

"这儿是我外公的家。我外婆前年去世后，他就一个人住在这里。他最近有点轻微的老年痴呆症状，我妈妈和护理人员会时不时地过来照顾。"虽然我没有问，相田却自顾自地为我说明起来。"一个人的时候，虽然是在自己家里，他也会不知道厕所在哪儿，所以才做了标记。"

"那你外公，今天……"

"去养老院短期护理了，下周才会回来。

"从农活中退下来后，想要享受舒适的老年生活的外公，刚建了新房，外婆就去世了。可能是因为只剩自己一个人了吧，受此打击，外公的痴呆状况才会加剧。"

这个暂且不提，为什么要来这儿呢？本以为是来接人的，可出租车已经先回去了，而且相田脱了外衣，完全是一股放松的架势。我感到十分诧异，在这间乡下的房子里要怎么玩儿呢？答案忽然间蜂拥而至。一人、两人……五人、六人，差不多都是初高中的男生，总数大约有八九个。人数还在渐渐增多，轻松超过了十人，感觉人多得都快从房子里溢出去了。

"欸？带了这么多人来？"相田夸张地伸开两手，摆出一副吃惊的模样，但实际上很高兴，"我不是说了嘛，我们只有两个人。"

"你不是说只要闲着的家伙就带过来吗？"一个像是领头者

的男生镇定地答道，"咦，真纪呢？"

看这口吻，他和这些男孩儿们应该都不知道去年真纪被杀的事，相田好像也不打算说明。

"老师，"和刚才的语气完全相反，相田娇滴滴地在我耳边低声说，"没有办法啦，你至少帮我照顾三四个人吧。剩下的我会处理。"

不知道相田说了什么，男孩儿们将她团团围住，直到她被抱进卧室，我才终于明白过来。不知道是谁的手弹飞了我的眼镜，这就像个暗号似的，无数只手伸向我的身体，在我身上来回蠕动，一瞬间就卷起了我的毛衣，扯下了我的裙子。

就因为这个？像是在大海啸中挣扎的小船一般，我滚到榻榻米上内衣内裤已被脱掉。相田就是因为这个原因才把我带到这个地方来的，这个不管怎么叫周围都不会听到的地方？

我想要逃跑，可身体却一点儿力气都没有。脱光了衣服的男孩儿们散发着油腻腻的体臭味，就像毒气一样刺激着我的鼻子。肺里吸满了发酵一样的臭气，让我头晕目眩，完全分不清现实的状况。朦胧之中，只觉得尾骨周围痒痒的，有些麻木了，指尖也抽筋了。

这些孩子，好像非常熟练。我的脑中忽然想到这样的事情……不容我陷入恐慌，他们已经射出了黏糊糊的雪白精液。大家争先恐后地用手用嘴争夺我的身体，可感觉上他们的行动却出奇的统一。他们这样玩儿，应该不是第一次了吧？

从拉门半开的日式房间里，传出了像是水龙头坏掉水溢出来了的声音、肉体的撞击声，以及相田的喘息声。我的视线被男孩儿们的褐色肌肤挡住，完全看不到她的脸和身体。偶尔伸向半空的手指耸立在男生的肩头，就像是爬满了蚂蚁的方糖一样。

爆笑声尖叫声此起彼伏，这不仅是相田发出的，其中也有我的声音。想到这里，我的全身就像被浇满了油的水桶一样，黏黏糊糊。呛人的热气之中，男孩儿们接二连三放出的精液、汗水，和唾液混合在一起，涂在身上，每当肉体碰撞在一起时，都要溅起飞沫。

东西还在没拿出来时，他们就逞能地抬起我的身体。我感觉内脏都要被拉出来了。不知不觉中，我开始陶醉于这种激烈的性事中。我的胸部和后背都承受着男孩们沉甸甸的体重，对广亲的依恋已经一点都没有了。之前和那么可爱的他度过的日日夜夜，与现在比起来，简直像是哄小孩儿似的。隔壁房间里匆忙往来的男孩儿们，交替托起我和相田的屁股，打开我们的双腿，"喂，把暖气关了！"不知道谁喊了这么一句。

有些男生几次之后便满足了，穿上衣服就离开了。不过，大部分人还是射多少次也不想结束，依旧贪恋着我们的身体。不知道经过了几十次的高潮，我终于不省人事，像摊烂泥一样地睡着了。

忽的睁开眼睛，在小灯泡微弱的光线映照的日式房间里，油腻的热气还在弥漫着。留下来的男孩子全裸着挤在一起，鼾声四起。

现在几点了？昏昏沉沉的脑袋，一想到还没有给丈夫打电话，立刻就感到一股寒气，随即就打了个喷嚏。感觉自己的理性稍微恢复了一点，怎……怎么办……我该怎么办？

啊，好痛——

可能是被太多人用嘴吸过的原因，我的嘴唇、乳头等地方都肿起来了，火辣辣地疼。再加上黏膜部分的擦伤，以及各种不合理的体位要求，我感觉全身的骨头都咯咯作响。这些疼痛都生动地让我想起了自己的种种丑态。那些极不知羞耻的叫声，不管怎么说也只能默默接受了。

身体黏糊糊的，很难受。我从壁龛上对折的许多毛巾中找出一条相对干净的，擦了擦身体，可怎么也擦不利索。大量干了的体液黏在身上，连头发都变得硬邦邦的了。我想处理一下花掉的妆，还想尽快洗个澡，可怎么也找不到相田的身影。渐渐地感觉身体变冷了，总不能再这么全裸着身体四处游荡吧。没办法，我只能在散乱着各种东西的房间里寻找自己的衣服，把它们收集到一起。坏了的内裤也只能先凑合穿上了。我有意识地闭紧双腿，小心翼翼地迈出步子。

打开拉门，来到走廊。透过通向客厅的门上的玻璃，可以看到一束灯光。那儿好像还有一道影子穿过。虽然只是一瞬，但我清楚地意识到那就是相田，于是我握住了门把手，接着……

对，我想起来了，那时候相田还活着。也就是说，她是在我走向客厅之时被杀的？可是，那样的话我应该会撞到凶手啊……

不！不一定是那样吧？我立即避开相田的遗体，望向挨着客厅的开放式厨房。果然，那里有后门。凶手是从那儿逃走的吧？

"你好好看看。"一个声音响起，"后门上着锁呢。"

我一动不动地盯着那儿看。昏暗的厨房中，有人站在冰箱旁边——是"测量仪"。

"凶手不是从这边逃走的。"

"那是从哪儿呢？"我隔了好一会儿才听到自己闲聊似的询问声，"究竟是从哪儿逃走的呢？"

"从你进入客厅到相田贵子被杀，实际上隔了很长的时间。也就是说……"


"相田。"我小声打了个招呼后便进到客厅里。她正坐在沙发上，用遥控器打开了电视。尽管地板上铺着电热毯，空调的暖风也开着，但看到她全身上下只披着一件外衣，我还是觉得更冷了。

"早上好。"这是相田和我说的第一句话，"早晨五点的新闻已经开始了。"

欸？那今天已经是六号了？也就是说，我完全没有跟丈夫联络，就这么在外面过了一夜？可能因为头还是昏昏沉沉的，所以没有意识到这个失误的严重性吧，我在相田旁边坐了下来，发呆地看着男女两名播音员的交谈。

突然，我听到了"御厨"这个词。我盯着电视画面一看，顿时吓得呆住了——"婚礼之后新郎被杀？"这行字出现的同时，女播音员用不带任何情感的语调播报着新闻："昨晚九点前后，在御灵谷市内的'TOP INN·御厨'内住宿的一名男性被人用利器刺伤，送到医院时已经死亡。行凶者目前在逃。死者是在市内经营公司的鹈饲广亲，二十五岁。鹈饲昨天在'御厨'内刚刚举行过婚礼，原本打算今早去度蜜月的。"

我一时语塞，可旁边的相田却苦笑着说："果然。"

"什么？果然什么？"

"我梦见了。昨晚——不，是前天晚上——梦见鹈饲学长被一个男人刺死了。"

预知梦？

"我不知道杀死学长的男人究竟是谁，但从年纪上来看，可能是诹访香的父亲。"

"欸？怎……怎么回事？"

"今年元旦，杀害诹访香的凶手就是鹈饲学长。虽然我不知道动机，不过诹访香只有身材很好，长得却有些难看，这一点跟我和老师都是同一类型吧。所以，他们两个可能也有男女关系，这就是动机。"

"那么……你做了诹访香被杀的预知梦，是因为……"

"不是因为被害者，而是因为我认识加害者，也就是学长。不知道诹访香的父亲是怎么查到鹈饲学长的，估计他的动机应该是为女儿报仇吧。学长被杀也是自作自受，可被牵连的却是我们呢，老师。"

"啊？被牵连？"

"就是说，如果马上抓到凶手还好，要是搜查陷入僵局的话，警察会调查学长的交友关系吧。之前提到的那本档案簿，就可能会变成重要的证据。"

档案簿……"啊——"我不禁大声呻吟起来。

"和不特定的多数女人的性记录。警察看了之后，一定会怀疑犯罪嫌疑人就在这些女人之中，动机可能就是感情纠葛吧。我和老师可能就会成为这个案件的重要关系人而被叫去审问——不，警察一定会传唤我们的。不过，现在已经没问题了。"

"没问题了……为什……么？"

"我们已经有不在场证明了啊。"

"不在场证明……"

"犯罪发生时，我们一直待在这个房子里，一步也没有出去过。而且有这么多人可以做证呢。"

"啊？相田，你难……"我的头像是被什么砸了一下，"难……难道说……"

"对啊，我就是为此才把老师带到这里来的。虽然我很重视自己的不在场证明，可是因为那种男人而意外被牵连的老师也很可怜嘛。"

"你……你都做了些什么啊？"不在场证明？不……不在场证明？如果真被警察问到的话，难道要说自己在这里，整个晚上都在和男孩儿们乱交吗？"这……这样的事情，没办法说出口吧？我有丈夫的。"

"比起被当成犯罪嫌疑人来说好多了。老师，警察的搜查很恐怖的，一旦认定您是凶手，说不定会捏造出许多您杀了人的证据呢。"

"这……这……这种不在场证明，也是说不出口的……"

"就是因为这种不在场证明才更有说服力啊。既然连这么羞耻的事情都说出口了，那肯定是真的。"

我已经听不到相田在说什么了，脑海中浮现的都是丈夫的脸婆婆的脸，还有职场上同事的脸。脸，脸，一张又一张脸来回在我的脑中打转。带着蔑视和嘲笑的脸，不停地在眼前转来转去。

离婚——肯定会离婚的。不，这倒还好，自己肯定也不能在学校待下去了，连工作也会丢掉，甚至被无情的家人和亲戚抛弃。怎么办？怎……怎么……怎么办？

"你——你对我都做了什么？！"

大喊一声后，我回过神来，发现相田已经倒在电热毯上了，脖子上勒着毛巾。这……这个毛巾不是……

（对，这是你从日式房间里拿出来的。）

凶手是我？怒气大发……杀了相田的人是我？意识到这一点后，我快速回到走廊，蹑手蹑脚地穿过拉门察看日式房间内的情形。我听到的依旧只有鼾声。

确认过这些事之后，我立即穿上鞋，飞奔出屋外。我要逃，一刻也不能停，多跑一步是一步。我从来就没到过这种地方，我什么也不知道。相田贵子只是我以前教过的学生，我再也没遇见过她，什么也没和她做过。

虽然天还黑着，借着长明灯却还能看见房子前停着的几辆摩托车和自行车。一定是那些男孩儿们骑来的。对，自行车！我偷走了靠在车库门上的那辆。

可能是因为生锈的缘故，踏板非常沉重，但我还是下狠心骑了上去。可当我正准备一口气穿过田埂路的时候，地面消失了。

　　我不知道发生了什么。想到可能是轮子掉了，车子摔进排水沟里时，我已经站不起来了。我的脸陷入了泥水中，意识逐渐远去。虽然想用最后的力气抬起头来，可就在那一瞬间，大量泥水通过鼻子和嘴涌进了我的肺里……

傀儡 ————

"哇——新年到了！恭喜！恭喜！"贞广华菜子雀跃地举起盛满了热威士忌的酒杯，"让我们再干一杯吧！"

从刚才开始就一直盯着手机屏幕，心不在焉的浅生伦美终于在几秒钟之后，举起了自己的酒杯。可她和华菜子干杯的样子，怎么看都像是在敷衍。

"你没事吧，伦美？新的一年到了。"

华菜子恶狠狠地挥手打断了正要打开手机的伦美。

"喂，伦美，你不是五分钟前刚发过短信吗？"

"嗯，是的。"伦美好像刚回过神来，眼睛一眨一眨的，"是哦。"

"沙理奈肯定是因为有不得已的事情才迟到的，你这么一直催她，她也会烦的，先回短信给她就好了。"

"嗯。"

"你究竟怎么啦？"

"唉。"

"伦美，你有点奇怪。"

"是吗？"

"你心里有事情。"

"没有啦。什么也没有，什么也没有。对不起。"

脸上挂着一丝僵硬笑容的伦美，一口喝掉了杯中已经冷掉的酒后，气势汹汹地从沙发上站起身来，走到厨房的吧台处，重新倒上一杯热威士忌。可以看得出，她正强迫自己把视线从咖啡桌上的手机处移开。

华菜子一直用湿润的眼睛看着这个和平时大相径庭的朋友。她放下马上就要举到嘴边的酒杯，从伦美穿着红色 T 恤的后背，到被黑色打底裤包裹着的下半身，像一口一口舔过一样上下打量着。伦美回过头来，坐到沙发上。华菜子若无其事地举起酒杯痛饮，以此转移视线，挪了挪睡裤里面还穿着打底裤的腿，下意识地用长长的舌头舔了一圈嘴唇。

她们两人正在一套四居公寓中迎接新年。公寓为华菜子的朋友所有，位于一片清静的住宅区内，不过因为好像是通过税款政策买的，平时也没有人住。因此，除了客厅里有一套会客用的家具及餐桌外，基本没什么布置。其他的西式房间里杂乱地堆着装行李的纸箱，但好像雇了人定期来打扫和通风，所以整体上还比较干净，日式房间中壁橱里的整套被褥也没有霉味儿。

浴室里宽敞的浴缸也一次都没用过。两个人像淘气的小孩子一样，睁着抢着把大镜子上面的保护膜撕了下来。不过撕下来之后，她们心里既兴奋又内疚。把这么好的房子借出来，这么大方的主人究竟是谁，和华菜子又是什么关系呢，伦美才不会这么不通世故地刨根问底呢。本来好朋友们打算一起过除夕的，可要预订宾馆或者温泉旅馆时，发现已经订晚了，到处都客满。对走投无路的她来讲，能使用这么大的公寓已经非常难得了。

不过，平时没有人住的房子，还是有些许不方便之处的。除了墙上挂着的空调之外，屋里没有任何暖气设备，所以感觉胸部往上热得不行，脚底却十分冰冷。而且，现在也不可能调来暖炉和电热毯了。没办法，轮流洗过澡、换上宽松的衣服后，她们又套上了厚厚的打底裤。

还有一点不方便之处就是电视。客厅里有一台豪华的最新型宽屏电视，可不管怎么开，都一点儿声音也没有；不论换到什么台，画面都是一片漆黑，只有一行萧索的白条，上面显示着"请正确插卡"的字样。

伦美本来还担心，给特别爱在冬天的暖气房里吃冷饮的沙理奈买的高级冰激凌，会不会就这么浪费了。不过还好有冰箱，所以也就不太在意电视的事情了。但对华菜子来讲，看不上红白歌会之类的跨年节目好像是个严重的问题。她带着些许怒火给她的朋友，也就是这里的主人打电话质问电视为什么没法看，不断地抱怨着："说是因为当初搬进来的时候撞坏了，觉得反正平时没人用，也就一直没修。"挂了电话之后，华菜子还是愤愤不平，恋恋不舍地看着自己手机里小小画面上的电视节目。由于心情很不好，最后还是不看了。

上天保佑，这么顺利地就迎来了元旦。不过要是近藤世绘和下濑沙理奈也在的话，对伦美来说就完美了。

世绘住得很远，而且是和她的未婚夫一家一起过年，对此，伦美十分放心。她担心的是沙理奈——不，沙理奈也是和父母在一起的，这应该更让人放心才是。可是下濑一家晚归的理由却让伦美无法淡定。

沙理奈和父母今晚——确切来说已经是昨晚了——北上到了距离御灵谷市开车约一个小时距离的高原度假地，参加了"御灵谷郊野旅舍"举办的新年倒计时旅行。从名字就可以看得出来，这是以跨年为噱头组织的活动，也可以选择吃过年夜饭后当天就返回的方案。沙理奈的爸爸，别说是和女儿商量了，连妻子都没有告诉，就直接决定全家报名了。由此可见，家中有个性格如此奔放的女儿，当爸爸的内心中也少不了困惑和纠结吧。

在东京某私立大学读研究生的沙理奈，偶尔回家也都是和朋友们出去玩儿，不会好好待在家里。过年也不例外，整晚都不见人影。就算回家也只是为了拿行李，第二天就直接回东京了。爸爸一直对女儿任性的行为非常不满，想着除夕了总要全家人一起吃顿饭吧，为此便使出了强硬手段。

特意去那么远的地方跨年，估计是为了防备沙理奈找朋友出来，让她没那么容易中途落跑。不难想象，他有多想和家人一起住上一晚，愉快地迎接新年。可是，他最终还是克制住自己强烈的愿望，选择了当天往返的方案，应该是怕沙理奈若是被拘束一整晚的话会翻脸吧。想和女儿在一起多待一秒也好，可又担心女儿万一突然翻脸，那就竹篮打水一场空了。做父母的苦心，真的让人潸然泪下呀。

原本是晚上九点，最晚十点前后，下濑一家就会回到市区的。可是，九点时沙理奈发来短信说，因为大巴出了事故，一家人被困在现场了。

事故？是什么呢？因为没有具体说明，这让伦美很不安。不过看短信上还用了颜文字，应该没发生什么严重的问题吧。但她还是没有办法冷静下来，当新的一年到来时，不安越发强烈了。

"啊——可是，"盘腿坐在沙发上的华菜子，突然嘟囔着感慨道，"想想看，大家聚在一起已经是多久以前的事了。唉，世绘这次在夏威夷过年，也见不到了。"

近藤世绘和她的父母，再加上未婚夫一家，一大帮人住在火奴鲁鲁一家叫做"御灵谷·瑟泽斯"的宾馆里。看名字就知道，这是当地一家日资企业旗下的宾馆，老板好像是世绘未婚夫家的亲戚。她总算是嫁到了大户人家啦。

"是啊。真纪还……"

伦美点了点头，闭口不言。本来是想接着说"真纪还活着的时候"呢。她抬起两只脚，踩在沙发边上，双手环抱膝盖，下巴顶在膝上，轻轻叹了口气。

"不只是过年的时候啊，过去，大家没事就聚在一起，总是玩儿得特别尽兴。可现在，果然组织的人没了，就……"

"唉，也不光是那样。再怎么说，我们现在也上年纪了。"好像觉察到了她的伤感，华菜子开玩笑般拍了拍自己的肩给她看，"我们现在体力也不行了，不像年轻时候那样能折腾了。像今天，这么好的日子也这么禁欲，连个男人也没有。"

"喂，现在也不过才二十几岁吧，我们。而且，找男人，那都是……"

都是真纪的活儿啊——本想这么说的。伦美再次沉默了。

"怎么了，你究竟是……"华菜子站起来，绕过咖啡桌，走到伦美身旁，不经意地把手搭在她的肩上，"你从刚才开始就一直很奇怪啊，有什么烦心事？"

"没……没什么……"

"因为沙理奈？"

"欸？"

"你好像特别担心她呀。难道你们，有什么……"

"'什么'是什么？"

"就是，你和沙理奈。"

"没有没有，真的什么也没有。"

虽然连自己都骗不过去，可伦美也只能否认。现在也不可能说出，自己是担心沙理奈可能会被杀……

其实，过年时组织一下好久没有聚在一起的大家，就是为了防止最坏的情况发生，可这根本不能说出口。况且，如果说出其中的理由，大家肯定会怀疑自己疯了。

"我说啊，你们俩看起来完全是不同的类型，应该水火不容才对，可不知道为什么关系却非常要好，从最开始就是。"

华菜子好像误会了伦美的态度，黏黏的手掌贴在她的脖子上蠕动，眼神则像猛兽一样，一直盯着她的眼睛看。

"说什么呢。喂，你该不会是吃醋了吧？"

事情要回溯到去年的夏天。

由于七月连日的酷暑，浅生家也和大多数家庭一样，空调二十四小时开着。从当地的国立大学毕业后，伦美说是要帮家里做家务，便成天宅在家里，显得毫无精力。

伦美倒也不是完全不工作的。她进了一家叫做"浦部工作室"的公司，这家公司主要从事艺人的发掘和经纪工作，以及各种演唱会和晚餐演出之类的活动策划，大概每月会去拍一次地方电视台的广告。伦美是经学生时代认识的熟人介绍进入公司的，自己觉得无非就是打打工而已，可是因为"浦部工作室"在东京也有分社，所以爸爸不切实际地认为，她已经是名扬全国的女演员或者偶像了。每次有人问起女儿的职业，他就会摆谱说："是艺人。"这倒也还好，至少伦美不必再担心会被逼着去找工作或者相亲什么的了，可以每天悠闲地在家待着。

懒洋洋的生活，再加上连日过度地吹空调，伦美头脑昏昏沉沉的，简直无精打采到了极点。于是便想拿电风扇出来用一下，可电风扇又被收拾到哪去了呢？碰巧父母又不在家，没办法，她只能浑身是汗地把家里翻了个遍，连平时不常看的客厅中的壁橱也打开瞧了瞧，可结果……

在吸尘器旁边有个纸箱，大小看起来装电风扇的话特别合适。封口处敞开着，伦美无意中看到了其中的东西，里面塞满了旧日记本。大致数一下，同样的本子大概有几十册。

这些日记……好像在哪儿见到过。这不就是……一种如鲠在喉的不快感在心中蔓延，伦美想起来了。这和八年前——从现在的时间来看，严格说大约是七年半前——伦美上高中一年级时去世的哥哥，浅生唯人的日记一模一样。

当然，这不可能是哥哥的东西。因为在哥哥去世两年后，伦美已经把日记本全都烧掉了。可是……

在心中莫名不安的驱使下，伦美把纸箱中的东西全部拿了出来。也不知到底有几十本，日记被陆陆续续地拿了出来。

伦美随机拿出其中一本打开来看，顿时吃了一惊。本来以为其中一定是空白的，可从第一页到最后一页，全都密密麻麻地写满了。不管拿出哪本来看都是一样的，全都写满了蓝黑色的字——而且，这看起来像是用钢笔写下的笔迹，伦美是曾经见过的。这……难道是……

是哥哥的笔迹。不论是笔压很重的字体，还是写错字或者写坏了之后用修正液一一修改的那股认真劲儿，都流露出了哥哥那熟悉的，微微有些神经质的特征。这些日记都是哥哥写的，至少一眼看上去绝对是的。可是，这些东西为什么会……

伦美混乱了。哥哥的日记已经全都烧成灰了啊，是自己亲手烧掉的，绝对没错。悄悄地，谁也——连父母都——没有告诉。

把本该珍视的家人的遗物藏起来，是因为其中的内容见不得人。日记中，哥哥不仅在和妹妹的同学交往，还时而沉溺于和学校女老师的糜烂的性生活中，时而被常去的咖啡店女店员所诱惑，完全是一种妻妾成群的状态。那些描述要都是事实还好——即使是事实，也都是些让人读不下去的激烈场面——可那都是编出来的谎话。因为里面巧妙地掺杂了日常生活中真实场景的详细记录，所以一开始伦美也被骗过去了，但实际上，那只是哥哥内心的渴望凝结在脑中形成的色情幻想，只不过是一派胡言罢了。

直截了当地说，这些文章其实很恶心。伦美完全不理解，哥哥为什么不把这些可能会被人看见的羞耻作品处理掉，就这么选择了自杀。但总归是骨肉相连的哥哥，当妹妹的应该默默地将这些东西藏起来，以示不舍和哀悼——伦美本来是这样打算的。

这究竟是怎么回事呢，就像是亡灵重生了一样。被纸箱中小山一样的日记本团团围住，伦美感到的只有茫然。不，不仅仅是重生，亡灵的数目还在增加。

伦美烧掉的日记，一共是五本。每月一本……直到在少草寺内上吊自杀之前，哥哥一共只写了五个月的日记。

可数了数壁橱中纸箱里面的日记本，竟然有六十三本之多。如果每本日记都记录了一个月的内容的话，那这不是持续写了五年多吗？

这么长的时间跨度把伦美吓着了，而让她更加困惑和恐惧的是亡灵日记的内容。

仔细看了看，最早的日记是从伦美上大学那年的四月份开始的。而烧掉的日记，是她上高三那年的一月份开始的。

记叙是从迎接新学年的场景开始的，而且是以哥哥浅生唯人的第一人称写的。也就是说，在日记之中，哥哥并没有死。

光是这个设定就已经很奇怪了，哥哥竟然还以大学生的身份出场。复读了一年后，哥哥终于考上了当地的国立大学，和小两岁的妹妹一起成了大学新生——梗概便是这样。

当然，这实际上是不可能的。哥哥是在临近高考之际上吊自杀的。假如他还活着，别说复读一年，复读两年都不奇怪。以他的学习能力，即使复读也很难考上国立大学。

可是……日记开篇记述的是入学仪式和新生培训的场景，提交毕业证明的时候把手续弄错了——这倒像是哥哥生前会做的糊涂事——这些逸闻描述得极其详细。这些庞大的栩栩如生的细节描写几乎要把伦美骗住了，难道哥哥真的还活着，过着日记中所写的生活？她差点就被这令人眩晕的错觉绑架了。

开玩笑的吧，哥哥明明已经死了啊。伦美总算是回到了现实中。哥哥已经不在这个世界上了，再怎么佯装成他的笔迹写日记，从五年多之前一直写到现在，也是虚假的。这一定是有人在代笔。

不管怎么说，这个代笔的人一定就在浅生家里。这个人当然不会是伦美，剩下的就只有爸爸、妈妈了。答案立即明了——是妈妈，浅生加津江做的。

当伦美目睹妈妈瞒着丈夫和女儿，不分昼夜地虚构日记的场面后，便明确地发觉，在哥哥死后，一直在同一个屋檐下偷偷进行这件事的妈妈，究竟是有多疯狂。

不仅是模仿笔迹，而是从内心里彻底变成了死去的儿子，默默地编造着每天的故事。妈妈的举动实在太不寻常了，这究竟是为了什么呢？

最有问题的是那些虚构的日记内容。伦美避过父母的耳目，用了好几个月的时间，把近五年的日记全都读完了。本来想，如果可以的话自己尽量认真对待的，可内容真的是让人笑到想喷饭。

复读后考上大学的哥哥，不仅成绩优秀，还有很多好友及女朋友。这种连烂俗的青春电视剧都不屑于拍的优雅而华丽的校园生活，对浅生唯人来说是绝对不可能经历的，从妹妹的立场上看，伦美可以充分地如此断言。按哥哥生前的学习能力来看，他能不能考上大学都是个疑问呢，到了日记中竟然以第一名的成绩毕业了。虽然告诉自己这不是笑话，可伦美还是忍不住想笑。

还在上大学的时候，哥哥就创立了一家 IT 企业，作为公司经营者顺利地取得了事业上的成功。大学毕业后，他年纪轻轻的就在市内最好的地段建了豪宅。妈妈竟然能妄想到这种程度，冷笑过后，伦美感到的只有战栗。可怜天下父母心，他们都觉得，死去的孩子是最优秀的，可就算要美化也该有些分寸啊。这已经不是对死去儿子的怀念程度的问题了，明显就是夸张的妄想。不间断地连续好几年进行这么详细地虚构，这种行为本身就极其异常。伦美开始认真地怀疑，是不是因为哥哥对俗世太过依恋而无法成佛，所以附体在妈妈身上了。

伦美最为担心的是，已经烧掉的那些日记中的内容设定，妈妈不会也继承下来了吧。那些虚构的日记中，哥哥从学生时代起，身边就常常有女性照顾他，不仅是打扫房间、洗衣服这么简单，甚至偶尔还会陪他过夜。这些女性在日记中被称为"女仆"。日记中写满了像黄色小说一样的陈词滥调，为了模仿哥哥的笔调，这也是理所当然的。可是一想到写下这些的并不是思春期的男孩儿，而是已经年过半百的妈妈，伦美就像做噩梦一样不舒服。

令人担忧的是那些女仆的名字，其中一个是"佐光彩香"。伦美还记得这个名字，在哥哥自己写的那些妄想日记里也出现过，是一家叫"Sonight"的咖啡店里的店员。最初，她的角色是想要诱惑哥哥却没有成功的老女人，可在妈妈的虚构日记中却是个放荡的性奴。

不只佐光彩香，还有另一位为哥哥提供性服务的女仆，名字叫"梶尾顺子"。她是伦美高中里的女教师，虽然在哥哥的妄想日记中也是作为泄欲工具登场的，可到了妈妈虚构的日记里，淫荡程度更变本加厉了。

和她们两人不同，虽然不是女仆，不过下濑沙理奈也从哥哥的妄想日记中，延续到了妈妈虚构的日记里。沙理奈延续了原来的设定，从高中开始就和哥哥谈着柏拉图式的恋爱，考上东京的某所私立大学后，她还分秒必争地回到家乡和哥哥约会。虽说情节是虚构的，可是像对待玩具一样蹂躏着彩香和顺子的哥哥，竟然连沙理奈的一根手指都没碰过。

让这三个人以本名出场，这绝对不是偶然。即使不论纸面上乱七八糟的内容，这也已经很明显地是在延续哥哥的妄想了。也就是说，在伦美悄悄烧掉日记之前，妈妈就已经知道儿子这些妄想日记的存在了。

妈妈并不只是继承了哥哥的妄想，她的笔调和现实世界有着很微妙的联系，而这正是导致伦美困惑和不安的原因。

去年一月，梶尾顺子被解雇了女仆职务，确切地说是一月六日的事情。而现实世界中，在这一天，梶尾顺子骑自行车跌落到了田埂旁的排水沟里，死于非命。

伦美注意到这一点后，便回头去查看虚构日记的内容。结果佐光彩香也是一样，她三年前的元旦被哥哥解雇，而那年一月三日的报纸上也果然记载着，彩香和她的丈夫佐光阳志一起被飙车族撞死了，事故正是发生在元旦的清晨时分。

对了，伦美想起一件事来。这么说来，在哥哥的妄想日记中出场的彩香只是被叫做"佐光"，她的名字一次也没有提到。所以，哥哥可能并不知道"彩香"这个名字。为了从学校以外的人中选出性幻想的催化剂，怎么找到一个女性的名字就成了个瓶颈。在这一点上，胸牌上写着姓氏的咖啡店营业员应该是个极为省事的选择吧。

可妈妈的虚构日记中，却清楚地写着"彩香"这个名字，而且还是在她车祸死亡很久之前知道的。这就表示，妈妈并不是从偶然看到的新闻报道中知道这个名字的，而是她亲自查出来的——为了扩展儿子的妄想世界，特意去查的。

确实，她们死了之后，就没有再在虚构的日记中出场的道理，所以"解雇"她们可能也是符合情理的。可是，看到"还特意递上手写的解雇通知书"这一句话，那种把死者当成无用之物随意处理掉的满不在乎的态度，还真是让人扫兴。

更令人不快的是，那些并没有出现在哥哥的妄想日记中的女生们，频繁地出现在妈妈的虚构日记中。主要成员有村山加代子、国生真纪，以及相田贵子。她们都是伦美的同学曾经的玩伴，妈妈知道她们的名字也不奇怪。可是……

奇怪的是，她们三个人和彩香以及顺子她们的情况正好相反，是在本人死去之后，才出现在虚构日记中的。


"好像……以……以……"

华菜子用中指的指肚，滴溜溜地在伦美的嘴唇上打转。伦美声音嘶哑，目不转睛地看着华菜子的眼珠，装出一副特别冷静的样子，却无法隐藏僵硬的表情，还有那眼角的鲜红。

"好像以前，我记得真纪说想和女孩子试一试的时候，你也一脸厌恶的表情吧？"

摁住本来就已经魂不附体的伦美那僵硬的肩膀，华菜子恶作剧般地冷笑着，把另一只手伸向了咖啡桌，"啊——"伦美来不及阻止，手机已经被她拿去了。翻开手机盖，显示出待机画面，一张娇好的笑脸飞入二人眼中。那是正在玩着游戏的沙理奈，而且是穿着比基尼的半身照。

"嗯，嗯？"华菜子嗜虐般的，拿手机屏啪嗒啪嗒地敲着伦美的脸，"这是什么啊？嗯？"

"唉，没别的意思。"伦美喘息着应道，有些语无伦次，"只……只是觉得，这张照片很……很可爱。真的，只……只是这样……"

"确实。"放回手机，华菜子开始毫不顾忌地玩弄伦美的胸部。透过红色的 T 恤，华菜子的手掌轻松地包住了伦美没戴胸罩的乳房，用手指啪啪的弹着她的乳头，"好像要比那些差劲儿的封面偶像好用呢。"

伦美想要出声反驳，呼吸却已经十分急促，乳头也随之变硬，隆起。

"啊，对了对了，说到偶像的话，伦美你现在也做艺人的工作了呢，可是形象却有点不同。要是沙理奈的话还可以理解。"

华菜子慢慢地将手伸向伦美的腹部，穿过黑色的打底裤，在她的大腿间来回抚摸。

"沙理奈虽然是研究生，可是一点也不像个要学习的样子。她那种天生就讨厌学习的劲头，一直是好学生的你应该最清楚了。完全反过来了，你们两个。"

就在华菜子的手要摸到胯间的时候，伦美摁住了她。本想狠狠甩开她的，可伦美还是有些犹豫。

"不要这样。你到底怎么了，华菜子？真的……真的很奇怪。要是真纪这么闹的话，那还可以理解。"

"其实最惊讶的是我自己呢，我居然会做出这样的事来。"

华菜子的脸贴近伦美，停在了两人的鼻子就要碰到的距离，翘起嘴唇，一下子露出了舌尖。

伦美似乎被诱惑了，像是要啄食的小鸟一样微微张开嘴。华菜子没有放过这个间隙，出声地吮吸着伦美的嘴唇。她的舌尖强行撬开了慌张着想要闭上嘴的伦美的齿缝，身体跟着缠了上去。

伦美体力渐弱，放开了华菜子的手腕。华菜子趁机双手捧起她的两颊，贪婪地反复深吻下去。舌头像要被连根拔起似的，伦美承受着激烈的吮吸，全身颤抖，背部都快要抽筋了。

"啊——太棒了！"在两人之间，缠绕在一起的唾液像蜘蛛丝似的。和伦美一样眼角变得通红的华菜子，迅速舔了一圈自己的嘴唇，"太棒了，伦美！你是最棒的！啊——我……我……我好像变得很奇怪。"

伦美什么也没说，甩出了她的巴掌，啪的一声打在华菜子的脸颊上。华菜子面带微笑，接住了她再次打过来的手。

伦美像是马上就要缺氧了一样，大口喘着气，怒视着华菜子。那眼神像熔炉一样滚滚燃烧，充斥着分不清是愤怒还是情欲的火光。她胡乱地挥着手，擦拭着自己的双唇。

"对不起。你生气啦？"

华菜子望着伦美，故意伸出红肿的脸颊。伦美则用眼神牵制住华菜子，身体像婴儿一样缩在沙发里，一直往后退。

"果然还是讨厌嘛！不是和沙理奈做的话……"

"不是的，都说了不是那样的。变态……你究……究竟什么时候开始这样……"

"还记得吗？就是最近，我说过，对男人已经烦透了。"

"啊？"

"真的很无聊。"

"好……好好说，你好好跟我说。已经玩了那么久了，从高中就开始了，那么痛快……"

"所以啊，不是粗壮的，就是瘦小的，不是冷淡的，就是絮叨的——反正男人都是一样的。勃起，插入，抽动，射出。是，我知道我知道，这些都是珍宝，可我真的受够了。"

"所以……你就这么轻易地改变了性取向？"

"贵子死之前曾说过，她和真纪做过一回。"伦美惊讶地瞪着眼睛，华菜子继续若无其事的靠近她，"那是真纪被杀之前的事。开始时，她们也完全没有那样的打算，只是像平常一样和男生们乱交。结果交换对象的时候，稀里糊涂地搞错了——很像她们会做的事吧？"

看着表情略微缓和的伦美，华菜子微笑着，偷偷地碰到了她的手。

"之后，她们意外地觉得这样也好，不如干脆就两人做一次吧，于是才发生了那件事……"

华菜子抓住已经冷静下来的伦美的手，引到了自己的胸部。伦美稍一犹豫，还是将手穿过睡衣，抚弄起华菜子的乳房来。像是被吸铁石吸住的钉子一样，二人的脸颊互相贴近，双唇叠在了一起。

"你明白了吗？我已经厌烦男人的阴茎了。对现在的我来说，你柔软的双唇才是最好的款待。"

伴着唾液纠缠的声音，伦美抚弄着华菜子的下半身。从胯间到臀部，华菜子已经湿透了，这一点即使隔着内裤外套着的睡裤都可以清楚地感受到。"脱下来……"华菜子娇嗔地乞求道。伦美抬起她的脚，脱下了她的睡裤，一股混合着汗水和体液的蒸气味道弥散开来。

"啊——丢死人了。光是接吻，我就这样了。"

"哎呀！借你房子的这个人，莫非也和你……"

"不是男的哦。"

"欸？"

"这里的主人，是女的。"

"真的吗？"

"是以前玩过儿一阵子的男生的母亲，很巧的，名字和我一样，也念作'kanako'。"

"难道，那个人……"

"这也能称为亲子盖饭了吧？她不愧是钢琴家，手上的技巧超绝，让我像疯了一样一直哭一直哭的。嘻嘻，人生中头一次这么高兴，真是让我大开眼界。我觉得，自己以前和男人玩那些插入、抽动的简单游戏时，竟然还会为了那么无聊的事情而兴奋，真是好傻啊。"

"你大概光是接吻就可以满足了，我却还享受过那种感觉呢。你要对我负责哦。"

两人的下半身纠缠在一起，内裤相互摩擦。华菜子咧嘴微笑，慢慢地覆在伦美身上，打开她的双腿，将自己的身体塞了进去。华菜子的膝盖滑到伦美的胯间。二人的内裤每每发出摩擦的声响，都会跟她们的叹气和喘息声重叠在一起。华菜子撩开 T 恤的下摆，将伦美的乳房含在嘴里。伦美喘息着，紧紧地搂住华菜子的头，这时——

伦美的手机传来了收到短信的铃声，显示出来的头像是——沙理奈。伦美慌张地推开华菜子的身体，放下 T 恤下摆，打开手机看短信。

"客车终于出发了，大概还有一个小时就可以到你们那儿了。

拜托啦。"

"对不起。"伦美合上电话，从沙发上站了起来，"我收回刚才的话，你不用负责任也可以。"

"可是……不是还有一个小时吗？"

"对我来说，这些时间只够用来平心静气的。"

华菜子苦笑着站起来，不容分说地抱住伦美。伦美也没有反抗，暂时委身在她的怀抱里。

"喂，我也想过了……"华菜子拨开了伦美那被汗水黏在额前的头发，"沙理奈来了以后，我们三个人试一试？"

"不行，绝对不可以。"伦美脱下了像浆糊一样贴在身上的打底裤，下半身的热气也跟着一下子散发出去。"我说过的，我还没那样做过。"

"嗯嗯，这么磨磨蹭蹭的，我事先可是和沙理奈说好了哦。"

伦美恨不得把内裤扔向华菜子，无意中露出了严肃的模样。

"你说过，借这个屋子给你的是个钢琴家吧？"

"嗯，好像是的。怎么了？"

"没什么……"

伦美所在公司的社长，名字好像叫佳奈子——浦部佳奈子。听说她从前在培训中心做过钢琴教师。难道和华菜子说的……是同一个人？不过，这也没什么。

"我去冲个澡。"

伦美进入更衣室，确认锁好了门之后，才把湿透了的 T 恤和内裤脱下来。

加代子、真纪，还有贵子三个人，实际上都已经去世了。可是，母亲替哥哥写的虚构日记中，却随意地让她们"转生"了。以她们死去的那一天为界，她们在日记中成了浅生唯人的"养女"。加代子和真纪是从两年前开始的，贵子则是自去年开始的。

　　大家一起在哥哥的豪宅中过着既优雅又奢侈的生活——日记变成了这个样子。像之前一样，母亲对于生活的描写细致入微，真纪她们三人除了提供性服务之外，还会照顾哥哥的生活，这一点不论是"女仆"还是"养女"，完全没有任何差别。

　　伦美越读越混乱，时不时迷失在这些虚构的情节里，陷入到哥哥还在世的可怕错觉中。

　　实际上，这些日记如果都是哥哥自己写的，那倒还有救。伦美实在不能理解，母亲为什么会代替儿子，孜孜不倦地编造出这种为欲求不满的男子而设定的世界。即使是惋惜已经死去的儿子，总要有个分寸啊。明明是女性，母亲却连续多年书写着这些令女性不快的畜生一样的妄想文字，她的精神状态绝不可能是正常的。

　　母亲在编造这些妄想的过程中，恐怕真的会以为，儿子还在世并且过着这样的生活吧。证据就是，在虚构的日记中，她也会通过哥哥的视角让自己出场，对真纪她们三个"养女"怀着敌对的态度，燃起忌妒之心。这已经超越了滑稽的范畴，显得无比异常了。

　　儿子在豪宅中沉溺于妻妾成群的生活，总也不回家，为此而生气的母亲偶尔会叫他去市内的宾馆——居然还有这种事，甚至做出母子通奸这种事来。

确实，哥哥在生前也悄悄偷走过母亲或伦美的内衣，拿这些东西来自慰。可仅仅以这种事为蓝本，就能写出乱伦的情节来吗？果然，母亲大概也对儿子一直有着禁忌的欲望吧，这也不是不能解释，她为什么要以这种形式来表达自己。可……可是……

不用重新说明了，虚构日记是以哥哥第一人称的形式记录的。可那个假想出来的哥哥对母亲的态度，却非常尖酸刻薄。使用代表女性性器的下流俗语，虽然对年轻人来说还好，可哥哥竟然会直接说出"欲求不满的母牛"这种话。比起"女仆"彩香和顺子，以及"养女"加代子、真纪、贵子她们，受到哥哥更多残酷虐待的，不是别人，正是母亲自己。

不好意思和"养女"们玩儿的游戏，哥哥却多次满不在乎地强迫妈妈去做，最后甚至还信口开河地说什么"做了之后意外的发现，也没什么大不了的"或是"真无聊啊"之类的话。"我已经开始厌烦老女人了。"哥哥竟然对亲生母亲说出这种极尽凌辱和侮蔑的话，伦美不禁震怒了。但是……欸？等……等等……

等等……这……这……写这个的就是母亲啊，这是她自己写的啊？！

伦美的脑海中一片混乱。只要是女性，哪怕是亲人也好，只会把她们看成性欲工具——母亲将自己化身成这样的哥哥，在日记中如此生动地加以描写，读起来简直跟真实发生过的没什么两样。但是，母亲真的能做到这么彻底地侮辱自己吗？她像是被哥哥的亡灵附身一样，但也不仅如此——难道这不是披着浅生加津江这个外衣的哥哥本人吗？伦美对自己这么愚蠢的想法感到可笑，却又无法抹去这么具有戏剧化的疑虑。

从伦美发现壁橱的纸箱中藏满了日记起，已经过去半年多了，但她暗地里偷看的速度，依然赶不上日记的更新速度，那个虚构的世界仍在一天天地不停扩张。

去年十二月，伦美在最新的虚构日记中，发现了令她非常担忧的记叙。那是关于一直和哥哥顺利进行着柏拉图式恋爱的，下濑沙理奈的事情。

"哎呀，累死了累死了，我真的累死了。哎——"换上天蓝色睡衣的沙理奈，盯着冰箱一看，一眼就看到了冰激凌，立刻欢呼雀跃起来，"哇，巧克力口味的。我可以吃吗，喂，这个，我可以吃吗？"

"吃吧，吃吧。"伦美完全无视华菜子含有醋意的斜视，"你迟到好久了，让人很担心呢。"

"晚餐本来已经按计划结束了，八点前后的时候。"沙理奈兴奋地蹦到沙发上，用勺子舀着冰激凌，大口大口地吃了起来。可能脚下还是很冷吧，她在深灰色的裤袜外面还套了一层藏蓝色的长筒袜，"可是，接送当天往返的旅客的大巴出发之后，问题就来了，车里的空调好像是坏掉了。"

"欸？"伦美不禁和本打算继续无视下去的华菜子面面相觑，"什么，你说的事故就是这么简单？"

"没那么简单啊，真的很冷的，毕竟是在山里。"

"可是，最多也就一个小时吧。"

"嗯，所以说，如果我跟的只是普通的团，大家忍一忍，可能也就这么回来了。"

"所以……就是不普通喽。那是什么团啊？"

"是个大妈团。"

不用解释也能明白吧，伦美和华菜子几乎同时"啊——"了一声。

"司机本来想就这么开走的，可是没过五分钟，大妈们就嘟嘟嚷嚷地开始强烈抗议，说起了'你要冻死我们吗'之类的话，开始对司机展开集体围攻。那种力量，感觉就像是要上刑一般。"

"哇——"

"大家纷纷拿出手机，猛打电话回宾馆投诉。'你们要负责任''这样的车，到底能不能坐，你自己来试试就知道了'……最后竟然还有人说要赔偿晚餐费用之类的话。不不不，光听还觉得挺有意思的，也算学到了一门学问。"

"学问？"

"最终，好像是司机接到宾馆那边的联络了，中途停车了。可是，代用车却怎么也等不来。"

"你们就是因此才等了五个小时的？直到代用车开来？"

"从这开始才进入正题。事情毫无进展，要不干脆回宾馆吧。大家从空调坏掉的大巴车上走了下来，往回走的过程中，突然……

咚——哐——"

"什么，怎么了？"

"爆炸了——大巴。"

"骗人吧？"

"真的真的。"本来眼神中就透着一股力量的沙理奈，眼睛瞪得更大了，栗色的齐肩卷发像波浪一样拍打着拿勺子的手。"阵阵的轰鸣声，简直就像拍电影一样。我还想会不会有红光闪过呢。候车室的观景窗被爆炸的冲击波震得哗哗作响。我恰巧回了个头，清楚地看到大巴的棚顶被崩到了空中。鲜红的火焰熊熊燃烧，黑烟滚滚。那些大妈们像遇到了世纪末日似的不停大喊，错乱得让人如同置身地狱一般。"

"那……有人受伤吗？"

"没有，那是大家下车之后的事了。"

"究竟是怎么回事呢？难道是……有恐怖分子放了炸弹？"

"可能吧。"沙理奈忽然低下头，自言自语着"我和爆炸案还真是有缘啊"，可伦美和华菜子好像都没有听到，"总之是出了大事，来了大批警察和消防车。所以，我就更没法回来了。"

大火被扑灭之后，不仅是住在宾馆的旅客和工作人员，连当天往返的旅客在内都接受了警方的调查，也因此耽搁了很久。

"那……这么一看，空调坏了也是幸运的吧？如果按时出发的话……"

"嗯，是啊。"想到最差可能性的沙理奈抱住自己，使劲地晃动身子，"我们全都会死掉的，一定。"

难道……伦美心中闪过一丝可怕的疑惑。

难道，爆炸是冲着沙理奈来的？

从虚构日记的内容来看，哥哥是在上大学之前，也就是在复读的那段时间里，和沙理奈开始交往的。即便是只把女人当成玩具的哥哥，对他而言，沙理奈好像也是一个特别的存在。每次休假回家时，他也只是享受着和沙理奈甜蜜的约会时光，不会越过那一道线。

可是，哥哥结婚的愿望却越来越强烈。本来沙理奈应该会在大学毕业后就立刻嫁过来的，可她却读了研究生。对于这个选择，哥哥虽然没有当面对沙理奈抱怨过，内心却是相当不满的。

总是这么磨磨蹭蹭的，真是烦透了。明年——也就是今年——要把她彻底处理掉，开始崭新的生活。哥哥做出了这么危险的宣言。

"新年连环杀人？在御灵谷？"可能是不怎么关心吧，华菜子明显只是应付般重复了一句，打了个大大的哈欠，"这么说来，我好像也听过类似的事。不是都市传说吗？"

"好像不是。受害人都是女性，而且既不是为了强奸也不是为了抢劫，这一点也是一致的。"

三个人移至铺着棉被的日式房间里，挤在一块儿继续聊天。可能是由于没有电视的声音当背景，觉得没有气氛吧，华菜子的眼皮都快阖上了。她把脸贴在枕头上，不时地打着盹儿。

"真……真的每年都有？"与华菜子形成鲜明对照的是，沙理奈对伦美提出的话题很感兴趣，抱着枕头坐起身来，"这些事都是在元旦发生的吗？"

"嗯，我特意查了一下——"虽说只是从母亲的虚构日记中现学现卖而已，伦美一本正经地说，"六年前的元旦是位老奶奶，五年前是在西式点心店打工的四十多岁的离异女子，四年前是三十多岁的独居 OL，三年前是二十多岁的护士，她们都是在元旦被杀的，案件也都被警方怀疑是变态所为。"

"前年和去年是……"

"前年，加代子……"见伦美如此吞吞吐吐，沙理奈也"啊"的一声表情扭曲，用手捂住了嘴，"不过，那次的凶手抓到了，因为之后真纪也被同一个女人杀害了。所以，这可能和其他的连环命案没什么关系。"

当初读到虚构日记中关于这件事的描述后，伦美非常困惑。明明不是那样的啊。根据母亲的设定，加代子和真纪都作为哥哥的"养女"生活着。与此同时，连环杀人事件也在虚构的世界中发生着，但这也存在着矛盾——怀着这种想法重新一读才发现，可能因为真纪是同年二月被杀的吧，这件事情在日记中被完全忽略掉了。也就是说，虚构的日记中没有发生这件事。而且，在元旦被杀的加代子是姓"石井"的，可哥哥的养女却叫"村山加代子"，是用婚前婚后的不同姓氏将她们区分开来的。总之，日记中好像是打算通过把"加代子"硬分成两个人，来确保虚构与现实的一致性。

"去年，被杀的是艺人诹访香，凶手好像也还没有抓到。这件事让我有些担心，因为六年前在元旦被杀害的末次小夜，其实就是诹访香的奶奶。啊，这还是你告诉我的呢。"

"嗯，是有联系。"

"可是，被害人里面只有她们两个有关系啊，一系列案件的共同点究竟是什么呢？"

不经意间，伦美从沙理奈身上移开视线，忽然发现华菜子把脑袋埋进枕头里，已经睡熟了——哎，难道是在照顾她们俩吗？是在装睡？即使只是这么开玩笑般地想一想，伦美也无法安心。

也不是完全不能说出口吧，伦美担心，母亲可能会在今年，利用元旦连续命案的机会……她……

她是要杀掉沙理奈吧？这样一来，她不就可以将沙理奈作为祭品，献给自己死去的儿子当新娘了么……一想到她的精神状态，伦美认真地觉得这是有可能的。

从虚构的日记来看，母亲的精神状态一定不正常，无法分清妄想与现实，最后很可能会采取最残忍的行凶手段。当然，过于认真地抱着这种荒谬的担忧，自己的脑子可能也很奇怪。伦美虽然也这样想，却还是无法抚平自己内心的不安。必须要尽量采取措施，保护沙理奈。

迄今为止的元旦连环杀人事件，一般都是发生在日期变更的午夜零点后到天亮之前。当然，也不能保证只要那个时间段和沙理奈在一起就不会有问题，但总比什么也不做要好吧。而且，既然加代子、真纪、贵子的名字都被使用到虚构的世界中了，也未必就能保证，这不会波及华菜子和世绘。因此，伦美决定，在这之后也要继续偷看母亲写的虚构日记，不能放松警惕。

伦美坐起身来，忽然注意到自己正紧握着的沙理奈的手，传来一阵哆哆嗦嗦的微颤。沙理奈表情僵硬，脸色苍白，好像不用说话也能读懂伦美心中的不安一样。

"好奇怪啊。明明爆炸之后还有空跟着瞎起哄，觉得很有趣呢，现在却变得好害怕啊。"

伦美轻轻抱住她，用余光确认了华菜子正在呼呼大睡后，贴上了沙理奈的唇。她们就那么一动不动地待了好久，不知道什么时候就睡着了。醒来的时候天已经亮了，日式房间内一片明亮。

想着不去吵醒熟睡的沙理奈和华菜子，伦美轻手轻脚地去了厕所。在视线的某个角落里，什么东西正在闪烁着——原来是一直放在客厅咖啡桌上的自己的手机。

短信？伦美诧异地拿起手机，看到屏幕后瞪大了眼睛，上面显示着"唯人"的名字。她不由得倒吸一口凉气。伦美慢慢地、冷静地翻开手机盖，看着屏保画面，上面显示的不是沙理奈的照片，而是一个年纪不小的男人——"测量仪"。

明明没有按任何键，画面中的那个男人竟然随意地讲起话来："好久不见——"

"我以前应该说过吧？"伦美不爽地看着待机画面，"以后不要再来见我了，六年前就说了。你没听见吗，哥哥？"

"你误会了。""测量仪"的冰冷语气也和伦美不分上下，"浅生唯人并没有强迫下濑沙理奈结婚的打算，日记中哪儿也没有写到过。只不过是说把该处理的处理了，只是这样而已。"

"所以呢？你想说什么？"

"即使你像个保镖似的守着沙理奈，也是没用的。"

"可能吧，果然……"

"倒不如担心一下，目标会不会在完全不同的地方。"

"当然，不用你说，我各方面都提防着呢。你还是这么啰唆，一点儿都没变。"

不等伦美将逞强的话语说完，"测量仪"的身影就从待机画面中消失了。

华菜子开车把伦美送回了家。伦美虽然很想多和她们住一两晚，尽量住到沙理奈回东京为止，但是没道理这么轻易地缠住对方。只要确认了她一直到元旦的黄昏都是安全的，应该就算成功了吧。伦美恋恋不舍地目送两人乘坐的车子从视线中完全消失。

"我回来了。"

想打开家里的拉门，发现上了锁。打开锁，进屋子一看，好像没有人在。父母似乎都出去了。

衣服也没换，伦美下意识地先打开了客厅的电视。是新年节目吧，一对男女正热闹地对谈着——感觉很久没听到这么热闹的声音了。就在她发着呆的时候，新闻速报的电子音遮住了刚才的对话声。若无其事地看向画面的伦美，眼前飞过了白色的字幕条。

"夏威夷岛的火奴鲁鲁发生恐怖爆炸袭击事件，'御灵谷·瑟泽斯'宾馆已被完全烧毁。全体工作人员、旅客均已无望生还……"

"御灵谷·瑟泽斯……"一瞬间，伦美毫无力气，跪在了地

211

板上。

世绘……世绘……真……真的吗？跌倒的伦美下意识地找着手机。沙理奈，华菜子，世绘她出事了。哎，包，刚才把包放在哪儿了？混乱之中，伦美已经记不清自己刚才把行李放在哪儿了。她站起来，奔向客厅的固定电话，这时——

厨房门口的地板上，好像有什么东西。是——人的手腕？

走近一看，半裸的母亲——加津江仰面倒在血泊之中。

遗体的手边有一张纸片。伦美清楚地看到上面的文字——解雇通知书。那是再熟悉不过的——哥哥唯人的笔迹。

*诅咒* ————

我，究竟为什么在八年前的那一天，高中三年级时的一月九日，自己选择了死亡呢？突然就歇斯底里地去了少草寺，在寺内的一棵樱花树上挂好绳子，吊住脖子，就这么死去了。这到底是为什么呢？

　　确实，当时的我可能非常迷惘，每天沉浸在痛苦之中，好像是接受拷问一样，没有一件事情，真的没有一件事情是按自己的期望发展的。高考迫在眉睫，复读一两年几乎板上钉钉了，或许还有可能复读三年，到最后可能就会放弃上大学的念头了吧。可是没有突出的能力和特长，就会连个正经的工作也找不到。既没有经济能力，又没有个人魅力，肯定也是结不了婚的。由于性格上的怯懦，我也没办法去风尘之地解决自己的欲求不满，可能一辈子都会是处男。不管怎么说都是一片黑暗——前途一片黑暗。

　　活着的乐趣，现在一点儿也找不到，将来也是毫无希望，干脆死了算了——这种绝望感是自然而然流露出来的。可是，心中的某个角落还是有些不舍。我也确实有过对生命的留恋，不然也不会特意写下那种日记。但是，我仍旧只能通过沉溺在幻想中来掩饰每一天的空虚。

不管怎么说，自己也才十八岁不是吗——我也常常会这样想。继续活下去的话，说不定也会发生什么好事呢！说不定可以等到意外的幸运降临呢。现在，虽然只能偷偷写下这些虚假的日记，但是，说不定有一天会意外地变成现实呢。即使不像理想中一样完美，也可能会以一种接近的形式实现愿望。即使不能和沙理奈在一起，说不定有一天能拥有一个和她一样可爱的，自己喜欢的女孩子呢。

客观上来说，这些全都是在做梦。可是人类，谁不曾像这样时常给自己点甜头尝尝呢？不管是多么悲观的性格，无论是多么严格的现实主义者，人类不正是因为能在思维的边界上逃离现实，才可以生存下来的吗？总之，这个现实的世界对我们来说太残酷、太难以承受了。如果现实如此赤裸裸地摆在眼前，那就只有选择毁灭这一条路了。

我，的确就是那样。虽然打算放弃无聊的生命，但是很明显的，心中的某个角落却还是乐观的。不管从哪里——具体的哪里暂且不管——伸出一双拯救之手，提升我的价值的话，我一定会无意识地相信，自己至少可以等到比现在更好的人生，并且因此而活下来吧。而且，我还有利用可笑的妄想日记来获得安慰的余地——对，直到那一天、那一刻，无法逃避的残酷现实降临之前。

反过来说，如果不知道那么露骨的事实的话，我现在可能还活着——不，是一定还活着。无论是多么不充实的人生，我也一定会想尽办法来拼接起被撕裂的自尊心碎片。客观来看，虽然那并不可能实现，但也可以将妄想当作甘甜的糖果，继续自我迷醉。

嘎啦——摇铃冰冷的响声从浅生伦美的头上传来。店内看上去很宽敞，四面都是混凝土墙壁，空气中回荡着爵士风格的音乐。穿着黑色围裙制服的女服务生穿梭于各个桌子之间。

"欢迎光临。"微笑的服务员突然惊讶地瞥了一眼伦美手边的东西。一把简易的木椅子，折叠好后用一圈圈的绳子捆着，大概是便于携带吧。带上这种粗俗的行李来喝茶，该不会是打算在店里用的吧。服务生如此判断，然后迅速换回了笑脸，说："请选个您喜欢的座位。"

咖啡店"Sonight"完全以跟过去几乎没有任何变化的样子迎接伦美。她坐在了窗边的位子上，这是哥哥唯人生前喜欢的位子。六年前，她高三来的时候坐的正是这个位子。她坐下后，便把带来的椅子轻轻地靠在旁边。

伦美若无其事地确认了来点单的女服务生胸前的名牌。自己似乎见过"伊头志"这几个字，可是对她的容貌却没有任何印象。蓝山，还是和六年前一样，伦美按照唯人的日记内容点了单。

在等咖啡上来的空挡，她把设定成静音模式的手机放在桌子上，目不转睛地观察着店内的情况。不管怎么说也是六年没有来过了，不太确定是不是有变化，但大致看上去，店内的装潢和服务员的班底都没怎么变。也就是说，伦美现在看到的风景，和唯人生前所看到的是一样的。伦美现在正沉浸于唯人曾经沉浸过的氛围中。

伦美偷偷地窥视着女服务生们，尤其是她们的背影。从短裙中的翘臀，到穿着肉色长筒袜的双腿，想象着自己的手伸向她们的大腿内侧。伦美的腿抽搐着，感觉快要从地板上飘起来了。注意到自己下意识闭紧的双膝正互相摩擦时，伦美回过神来。

自己究竟在做什么啊？唯人生前肯定是这样一边看着女服务生，一边沉浸在各种猥亵的幻想中吧？自己竟然也做了同样的事情……但是，自己本来就是为此才来店里的。对，为了这个原因，为了和唯人的步调一致。


面对难以承受的现实，我十分无力，连曾经极其天真地贪恋着的妄想，也已经只剩下痛苦了，起不到任何作用。无法抵抗，意识到这一点后我便去寻死了。即使认识到这一点，也只能去寻死了。我选择了上吊自杀。遗体火化后，我的一切就都消失了——不，本该消失的。

事实上肉体是完全消失了，可是不知道为什么，我的精神在死去八年之后的现在，依然在世间彷徨。连我自己也不知道，自己究竟是不是个幽灵一般的存在，总之就这样留在了人世间，一直注视着芸芸众生。虽然已经没有眼球和视神经了，但也能说成是"注视"一般的感觉。我注视着她，持续注视着我的妹妹——伦美。

严格地说，我关心的不是妹妹，只是一直跟着伦美的话，自然就可以掌握沙理奈的状况。不过，偶尔也会有她之外的人进入视线。比如，像现在这样。

现在，我看到的是一间屋子的内部。这里是市内一处僻静住宅区中的一座二层洋房的宽敞卧室。

已经过了凌晨，浮现在淡淡灯光中的，是坐在双人床旁边的扶手椅上，高高地盘着腿、光着脚的一个年轻女子。可能刚洗过澡吧，她披着浴袍，紧贴脖颈的头发散发着光泽。

她叫贞广华菜子，是伦美的朋友。生前，我虽然从没和她说过话，但在她来我家玩的时候见过几次。当时她还是初中生或者是高中生吧，现在已经二十几岁了。虽然洋气而又随性的长相和以前相比没什么变化，却处处散发着成熟女人的味道。

"对，是啊。世绘他们现在好像还不能回国。"

华菜子对着手机这样说道，换了换盘着的腿。为了尽量遮住市内的杂音，她用手指堵住了另一只耳朵。想要听清电话内容的我，由于靠得过近，差点就和她的身体交叉了。不过，反正华菜子也不会感觉到的。

"……详细的事情现在还没办法知道，不过我之前看电视新闻里说，宾馆建筑物的瓦砾无法完全清除，遇难者的遗体现在只能找到一小半。"

电话那一头的是伦美。虽然看不见身影，但那一定是妹妹的声音。语气则和华菜子的不相上下。

"不仅如此啊，确认得到收容的遗体，身份也迟迟没有查明。不管怎么说，那也是全世界屈指可数的超大宾馆，旅客和工作人员加到一起有五千人上下吧？再加上国籍和人种各不相同，真是罕见的情况啊。"

"不是世界各地的救援部队都去了吗，还需要花费那么长的时间吗？"

"我也不能给出专业的解释，但那是相当严重的事件吧？在历代恐怖袭击中也是极其罕见的了，各地的时事评论员都震惊了。要炸毁规模那么大的建筑，爆炸物的数量自然不是小数目，还要把它们高效地分开安放，要避开宾馆相关人员做到这件事，简直是不可能的吧？完全想象不出是谁干的，甚至有人说不是人类所为。"

"不是人类……吗？"

伦美如此含糊地回答道，华菜子好像也没有特别追问。

"唉，怎么也不会想到，世绘他们居然会被卷入这么巨大的、空前绝后的惨案之中。"

世绘？应该是伦美和华菜子的朋友，近藤世绘吧。世绘和未婚夫一起，去年年末带着双方的家长一起去了夏威夷的火奴鲁鲁过新年，可入住的宾馆却遭遇了恐怖袭击。炸毁的建筑残骸中没能发现一个生还者。虽然许多有名的恐怖组织都争先恐后地发出犯罪声明，但它们都不可能实施那么大规模的恐怖袭击行动。真相至今仍包裹在重重迷雾之中。

恐怕永远也不会查明真相了。总之，就像伦美所害怕的那样，那不是人类所为。

"即便如此，也已经过去两个多月了……"

"当初，世绘的伯父伯母赶去海外，还以为能立即带回一家人的遗体，可是左等右等，瓦砾清除工作还是没有做完，当然也没能给出世绘等人的确切消息。询问主管机构，得到的答复是因为遇难者实在太多，无法一一处理。没办法，总不能一直待在那儿，他们只能先回国了。"

"真的，可能没有任何希望了。即使有人能在瓦砾之下奇迹般的幸存，也不可……"

可能是被无力感所包围吧，伦美唐突地中断了讲话。

"究竟什么时候才能去上香呢……"虽然公平地推断一下，事态已经让人绝望了，但华菜子好像还是很后悔，自己说话的语气竟然像是世绘一家的死亡已经成了既定事实一般，表情瞬间扭曲了，"……对了，伦美，你那边怎么样了？稍微安定一些了吗？"

"唉，怎么说呢，勉勉强强吧。"伦美在电话的那一头重重地叹了口气，"警察的审问等麻烦事……感觉，好像就这么一瞬间……"

"你爸爸……还好吧？"

"说实话，没那么好。他本来就像小孩子一样，什么事都要依赖我妈妈。受此打击，他整个人都变得更白痴了，有一种变成鳏夫后，不像是个人，而更像是蛆虫的感觉。现在暂时是我姑姑在照顾他。"

"本来就有很多脆弱的男人，无法承受妻子先于自己而去的打击。况且，还是连动机都不清楚的自杀。"

浅生加津江是自杀的——华菜子的语气，显示出她好像是轻信了警察们的判断。

"嗯，嗯……算了……"

伦美明显想要反驳她——妈妈的死不是自杀，却又有苦说不出。当然了，如果想断言是他杀，那又是谁干的呢。伦美没有办法回答。那不是人类做的——虽然想这样说，可即使那是真的，自己也会被人怀疑是不是疯了。

蓝山端上来了，伦美没有加牛奶，也没有放糖，尝试着喝了一口。虽然没自信说难喝，但还是和六年前一样，只感受到没有深度的苦味，一点儿也不觉得好喝。真麻烦，要怎么办呢？虽然觉得自己对这种毫无意义的事情感到麻烦，样子很滑稽，可是另一方面，伦美心中的焦躁感正在逐渐激化。

唯人的日记中写到，这家店的蓝山咖啡"香味像花束一样在口中散开"，有着"无与伦比的深度"。当然，在不断吹嘘自己从没体验过的性生活的妄想日记中，即使是对于咖啡，哥哥实际上也只是单纯地装腔作势，把死记硬背下来的知识写进去了吧。可即使是捏造的——不，反过来说，正因为是捏造的，在写的时候才会给自己强烈的心理暗示，让自己以为真的是那样。

心理暗示。对，只要我也努力做到的话，就可以和唯人的意识同步了，伦美这样想到。让味蕾并不发达的高中生来评价一杯高价咖啡的味道，就像是把所有女性都当做性爱工具来轻蔑对待的处男一样，只是将幼稚的心理暴露出来罢了。虽然知道，如果与哥哥步调一致的话，那自己就不再是自己了，将会堕入无底深渊，什么都不剩。可伦美却没有不这样做的理由，因为没有别的方法。

不，可能倒也不是没有其他方法。比如，这样做的话，可能那个奇怪的男人——"测量仪"就会出现。意识到了自己竟然暗地里抱着这种期许，伦美觉得很厌恶，但是溺水者攀草求生的心理，还是盖过了厌恶的情绪。

那个来历不明的男人会不会是哥哥的亡灵呢，这种怀疑始终盘踞在伦美心头，挥之不去。实际上他不就以"唯人"的名义联系过她吗？或者也有可能，他和唯人没有任何关系，只是想借此来吸引伦美的注意。可是总觉得，"测量仪"并不是人类，而是超越了人类智慧的一种存在，正是因此，他一出现就可以找到解决问题的线索，事情也就可以顺利进行了。

管它呢，只要有效怎么都行。伦美没有选择手段的时间，必须尽快联系到唯人。怎样才能和已经入了鬼籍的人联系上呢？让自己与哥哥生前的意识同步，还是和"测量仪"直接交锋，只有这两种方法。尽管没有任何依据，伦美已然如此确信。

只有伦美知道，夺去近藤世绘和她的未婚夫，以及双方家人性命的那场夏威夷宾馆恐怖爆炸事件，正是死去的哥哥唯人做的。虽然知道自己的想法不正常，但是没有别的原因，她就是这么觉得。只有唯人的亡灵，才可能做出这种根本不是人类力所能及的、前所未闻的恐怖行动来。

母亲加津江的死也是如此。虽然写着"解雇通知书"字样的意义不明的便条，多少显得有些可疑，但最终警察还是判定她为自杀。这也是理所当然的。发现遗体时，亲眼确认了家中锁着门的不是别人，正是伦美自己；再加上警察仔细调查了门锁等处的情况，没有发现他人入侵的迹象。因此，即便没有遗书，警方也还是得出了母亲自杀的结论。

就是这样，和火奴鲁鲁的事件一样，杀害母亲的不可能是普通的人类。对于亡灵来说，不管现场怎么上锁，也不会有任何阻碍。

将还剩下多半杯的咖啡放在托盘上，伦美拿起手机。本想打给沙理奈的，可是忽然改变了主意，担心现在就这么直接告诉她的话，自己可能会说些乱七八糟的话。最终，伦美决定给她发信息。

"我是伦美。你今年年末会回御灵谷吗，还是你那边已经有约了？"

今年春天，沙理奈虽然读完了硕士课程，但是没有找工作，打算继续留在学校里。这样看来，她可能打算一辈子都留在东京了吧。莫非，在这边的朋友还不知晓的时候，她已经在那边有恋人了？伦美感到心痛，身体轻轻地向前屈。

一想到沙理奈，心中就觉得十分难受，伦美觉得这真是讽刺。在这一点上，伦美有自信可以和唯人同步得很好。

好难受，心中好痛苦。一想到沙理奈就会这样，所以——

伦美必须要保护沙理奈，一直保护她。不论发生什么事，即使对手是不存在于这个世界的亡灵。

伦美克制住无止境发散的思绪，给沙理奈发了一条很短的信息。

"可是……"华菜子手机的另一端，之前一直阴郁的伦美，声音中似乎微微带了一丝苦涩，"我打给你这么长时间了，一直闲聊……你方便吗？"

"嗯？啊啊，没什么。"华菜子偷笑道，从扶手椅上站了起来，"方便方便。对不起啊，你还是听到了吧？这么激烈。本来想去别的房间的，可是如果我不看着的话，这两个人就会没有兴致，心情不好。"

华菜子继续聊着电话，慢慢走近那张特大号双人床，上面有一对全裸的男女正纠缠在一起，看那架势都要把床单撕破了。

男人大概三十多岁吧，体格很精壮，汗珠从晒成了棕色的肌肤上倾泻而出，光滑闪亮。被那个男人按倒又举起，感觉像马上要被撕碎的面团一样地被蹂躏着的，五官精致的女人，大概五十多岁，雪白的肌肤，丰满圆润的身材，和男人形成了鲜明的对比。

"你真的只是在看，什么也没做？"

"我这一轮已经轻松搞定，刚洗过澡。"

华菜子俯视着两人，棕色和雪白的肉体像泥一样混合在一起。男人肿胀的阴茎像陀螺的转轴一样将彼此的身体连接起来，二人围绕着这个转动轴，不停地变换着体位。每次肉体激烈地撞在一起时，床都像要坏了一样吱嘎作响。黏液摩擦的声音，伴随着男人的喘息和女人的抽泣蔓延开来。

"你最近……是在和我不认识的人交往了吧？谁啊，女的是……"

"哎呀？怎么不问男的是谁呢？"华菜子露出一副性虐待狂

般的表情，牙龈外露，"别担心，不是沙理奈。啊，沙理奈还在东京呢。啊哈哈，别生气别生气。这位啊，是'kanako'——当然不是我自己啦。是浦部佳奈子，之前提到的那个。"

虽然来历不明，可伦美总觉得，那是个自己认识的女人。

"还有啊，男的是阿诚。你可能没见过吧？他是我以前的男朋友。"

这位阿诚，正让佳奈子四肢趴在床上，自己则压在她的后背上，不顾她的失态大叫与痛苦挣扎，不停地插入那片留有泳衣痕迹的、异常白皙的下半身。

"你刚才说的第一轮，就是和那个前男友？你不是说已经讨厌男人的东西了吗？"

"是那样啦，不过偶尔还是需要的。有机会把他们介绍给你认识。"

从后面插入佳奈子身体的阿诚躺了下来，仰面倒在床上。随后，他从后面抱着她，直起上半身，站了起来。阿诚用胸膛抵住佳奈子的后背，两脚站稳后，似乎是要像华菜子展示他们的结合部位一般，拉开了佳奈子的双腿。

"现在不需要我加入啊，他们两人也能好好做的。可是阿诚的精力十分旺盛，尤其是最近，或许体会到熟女的魅力了吧，怎么做也做不够。佳奈子则哭着求我说，如果只有一个人的话，她会死的。"

华菜子脸上浮现嗜虐的微笑，伸出没拿电话的那一只手，在像是要将阿诚的东西磨烂一样扭动着腰肢，披头散发的佳奈子的嘴唇上来回抚弄。佳奈子缩拢脸颊，嘶嘶地吸着那突然伸入口中的华菜子的中指。

华菜子将食指也伸入了佳奈子的口中，用两根手指夹着她的舌头，抽拉起来。佳奈子翻着白眼，像野兽一般呻吟着，唾液从嘴中不断流出，滴到了上下左右不停摇晃的乳房上。

"不过，对每次和阿诚快活一番后还要来找我的佳奈子来说，这也很合适呢。"

可能是用手指玩够了吧，华菜子又坐回到扶手椅上，和伦美换了个别的话题。虽然床上的肉搏战还在继续，可华菜子和伦美都毫不关心，打电话的语气也还是淡淡的，好像没说什么特别的事一样。

一种与排挤感相似的愤怒，像熊熊燃烧的火焰一般爬遍我的腹部和胸部。当然，我已经没有内脏了，可依然能感觉得到愤怒之情的涌现。这种感觉和那时候一样——八年前，我得知了顺子老师和鹈饲广亲的关系。

梶尾顺子是我高中时家庭生活课的老师，当时应该超过三十五岁了，虽然可能在是不是美女这一点上每个人的意见不同，但她那不同于日本人的极其有魅力的身材十分出彩，让我魂牵梦萦。

那时，光靠自慰已经得不到满足的我开始写日记。虽然没有设定具体的读者，但是不管被谁看到，为了让人以为这些都是真实的事情，我用心将妄想和现实按照一个恰好的比例混合着写了出来。

在日记中，我尽情地享受着顺子老师的肉体。不过，沉浸在无度的妄想中，非但没有补偿我的空虚，反而增强了我的闭塞感和厌世感。虽然现在的我明白了这一点，可对当时的我来说，细致地构筑这些妄想，既是一种补偿，也可以说是一种特别的享受。

满足于这些不切实际的妄想是件很糟糕的事，因为，当我偶然知晓顺子老师不正当的男女关系后，受到的伤害也是加倍的。

顺子老师除了登记在学校职工名册上的老家之外，还另租了一间屋子，专门和男人在那儿约会。我虽然已经很受打击了，但可能还有克服的余地。可是，现实比我想象中的更加残酷，顺子老师在秘密房间中约会的对象，是和我同年级的一个叫鹈饲广亲的高中男生。

对我来说，没有比这更难以承受的事实了。假如顺子老师的对象是职场上的同事一类的社会人士，即使年纪小至少也是大学生吧，总之是和我完全不同立场的家伙，这样的话还是有救的。可是，最后发觉他竟然是个和我同校、同岁的男生。

哪里不一样？究竟哪里不一样？那家伙和我之间究竟有什么决定性的差别？我被卷入了忌妒与愤怒的旋涡中。为什么，究竟是哪里不一样？同样都是十八岁，同样都是高中生！

如果老师特别喜欢广亲，却对我没有同样的想法，这很奇怪吧？实际上，能品尝到顺子老师肉体的就只有广亲，我只能依旧靠自慰和编造满是妄想的日记来虚度时日。当意识到这种过于悲惨的差距时，心中的挫败感油然而生，我整个人都感受到了如地狱之火烧身般的煎熬。

八年前的一月九日，出了学校、准备回家的我换上便服。虽然也有强烈的印象，当时的自己是有些歇斯底里的，但还是想不通，自己为什么不直接穿着校服去少草寺呢。可能是为了让心情安定下来吧，但最终还是没有阻止住失控的自己。

我从没考虑过要写遗书。要写些什么呢？难道要写，因为自己憧憬的女教师和与自己同年级的男生发生关系，自己气不过，就要去死？不管怎么说，这都不合适。

虽然也忽然觉得，应该把之前的日记处理掉，但可能是自暴自弃了吧，最后就那么放着没去管了。或许我在期待着，说不定有人在我死后会去读那些日记，会去相信我编造出来的剧情。虽然应该继续推敲下去，可是没有那个时间了，我冲动地上了吊，就这么死去了。

肉体虽然消失了，我却由于对俗世太过留恋，化作亡灵留了下来。到底还是顺子老师和广亲的关系给我造成了强烈伤害的作用吧，只要亲眼看到理所当然地享受着性爱的情侣，本来只是注视着一切的我，意识好像就可以干涉到现实世界。我的恨意就是如此强烈。

不过，曾经是"Sonight"店员的佐光死去时，我还没有这种自觉。和顺子老师一样，直到最后都没有顺从我的想法，她的肉体也就没有一点存在的价值了。让她死了算了，我曾经有过这种诅咒的心理，但是没有料到，这可能会和佐光还有她丈夫的死有关。

我对女性的仇恨，和佐光夫妇被卷入交通事故这件事可能存在因果关系，让我觉察到这一点的，是在这之后，伦美周围连续发生的凶杀案。

现在想来——伦美把手机放回桌子上，想要再一次拿起咖啡杯——村山加代子、国生真纪、相田贵子，还有梶尾顺子，她们的死，实际上都存在着哥哥的意识。这样想应该没错。

可是，杀了加代子和真纪的嫌疑人已经被抓到了，是和他们住在同一栋公寓内的某家庭主妇。动机虽然不明，但凶手一定是她，至少没有余地怀疑那是亡灵所为。

贵子被杀一案还没有了结，但凶手应该就是案发后，紧接着在事故中死去的梶尾顺子吧。出事之前的那一夜，她们两人好像找来了很多少年开乱交派对，在这个过程中，她们之间或许发生了什么冲突吧。虽然还没有完全弄清楚，但好像也没有亡灵介入的迹象。

在自己身边发生的凶案背后有唯人的身影，伦美有此感觉的契机是，去年一月，一位叫鹈饲广亲的男性在市内的宾馆里被刺死的事件。这件案子的嫌疑人也被抓获了，是一位叫末次嘉孝的经营私人诊所的医生。因为她的女儿诹访香是艺人，他在当地很有名，被逮捕时还引发了不小的轰动。末次已经承认了罪行，动机是鹈饲因为男女关系的纠纷杀了自己的女儿。虽然末次一直主张他是为女复仇，但警方没有查到鹈饲杀害诹访香的证据。

伦美平时并不关注这些丑闻式的媒体报道，可这次却仔仔细细地收看，因为她记得鹈饲广亲这个名字。虽然他和自己是同一所高中的，但是因为比自己高两级，她并没有见过他，但从生前的相田贵子那儿，还是听说了不少关于他的秘密。"和你哥哥同年级，有一位叫鹈饲广亲的学长，你知道吗？不知道？这也无所谓。总之，我现在正和鹈饲学长交往，最近，他给我看了个非常厉害的视频，是他在自己做爱的时候偷偷拍下来的，对象竟然是教家庭生活课的顺子老师！太令人吃惊了。啊，对，对对，就是高中时的那个梶尾老师。听说，从他高一开始两人就在一起了，我又大吃了一惊。"

虽然这段话伦美忘记很久了，不过知道鹈饲被杀这件事的详情之后，立刻就有一种多年来悬而未决的谜题中缺失的那一块忽然补上了的感觉。哥哥唯人八年前上吊自杀，真实的理由就是这件事。或许哥哥也通过什么方式，知道了鹈饲和梶尾顺子的秘密关系吧，实际上抱着自己妄想对象的人，竟然是同年级的男生，哥哥一定很受打击。过于绝望，过于忌妒，一时冲动上了吊，这也不奇怪。如果真的是这样，那把哥哥的死称作愤而赴死也没什么不合适的。

直到最后发生的加津江事件，伦美都可以清楚地看到隐藏在每个事件背后的唯人的身影。在已经烧掉的妄想日记中，母亲加津江也曾出场过；而对于世绘，哥哥并没有像沙理奈那样详细地描述她，只是作为"妹妹的好朋友之一"提到过。别的部分也有"伦美有很多像青春偶像一样可爱的朋友"这样的描述，只是随笔一带般提到过加代子、真纪、贵子和世绘。仅此而已。

我死后，伦美发现了之前的日记，偷偷烧掉了它们。作为妹妹，这是理所当然的反应。把这些连我自己都觉得羞耻的作品处理掉，不能否认，我也松了一口气。可是这样一来，彷徨在世间的亡灵，和现实世界物理性质的接触点就被完全切断了，这一点让我很心烦。

　　这个妄想日记，能不能让人假装成我还活着的样子，继续帮忙写下去呢，我也曾这样想过。当然，我并不是认真的。如果要找人代笔的话，一定要是熟悉已经被烧毁的日记内容的人——最合适的只有伦美。可妹妹没道理模仿我啊，这种想法只能放弃了。

　　当看到妈妈以我的第一人称开始写虚构日记时，我震惊了。为什么？妈妈明明应该不知道那些虚构日记的存在啊，为什么能续写得那么流畅呢？当初觉得非常不可思议。对，因为自己的意识不自觉地干涉了现实世界吧，妈妈才开始不断地编写儿子虚构的成功史——应该是这么回事吧，我终于明白了。

　　妹妹的朋友，加代子、真纪、贵子、世绘，接二连三地死去，实际上也反映了我的意志。在都是自己得不到的肉体这一点上，她们和佐光及顺子老师是一样的。说到底，妈妈也是由于这个原因才死掉的吧。不能满足我的欲望的女人，都只不过是些没有存在价值的肉块。消失吧，统统消失吧——不论生前还是死后，我都这样诅咒着。这诅咒影响到了现实世界，就会从意想不到的地方出现谋害她们的人，也就是我意志的代行者。撞死佐光夫妇的飞车党是这样，被逼到精神绝境而杀害了加代子和真纪的家庭主妇也是这样——对，还有现在也是。

阿诚像猛兽一样咆哮着射精，之后便精疲力竭地倒在床上，仿佛刚才那些激烈的动作都是假的一样。佳奈子好像还没到高潮，有些郁闷地发出撒娇的声音，却又恶狠狠地把朝自己扑过来的阿诚一下推了回去。

从床上走下来的阿诚，胯间的东西还屹立着，冒着热气。他擦掉鼻涕与滴落的汗珠，朝华菜子笑了笑："要是能帮我弄干净就好了。"他卖弄着一身的白浊体液，又开腿站在那儿，"用嘴，来吧。"

华菜子冷淡地，把刚通完电话的手机夹在他的阴茎上，合上了手机盖："赶快去冲澡吧。"

"哦。"没想到阿诚竟然顺从地转头走了，"等我哦，夜晚才刚刚开始。"

卧室的灯关掉后，在床上随意裸躺的佳奈子啧了一下舌头。"不行啊，男人果然是这样。即使很有体力，也只顾自己一个劲儿地射，太随便了。"

"那你打算让我连续服务几遍来补偿呢？"

华菜子走到床边，弯下腰把仰卧的佳奈子的下半身拉到眼前，将自己的膝盖放在佳奈子的臀部，分开她的大腿，把脸贴近覆满黏液的暗红色肉褶处。可她就只是这么凝视着，除此之外什么也不做。

"啊，不要让我着急。"可能是预感到将会迎来更加快乐的时刻吧，佳奈子扭动身体，光着脚在空中踢蹬着，"快点啊——"

是的，这些人都一样。华菜子也好，佳奈子也好，她们都不会给我带来快乐，都是没用的东西，只是些脂肪块而已。

消失吧，通通消失吧。我诅咒着她们，希望把那个替我行凶的人引到这里来。现在，马上。

伦美设成静音的手机屏幕亮了，显示出"沙理奈"的名字，不过来的不是短信。

她拿起放在身旁的简易木椅子，站起身来，在收银台付完钱后，走出了"Sonight"，就这么一边提着椅子晃晃悠悠地走着，一边重新打回到沙理奈的手机上。

"喂？啊，伦美，谢谢你发的短信。"

"嗯，怎么了？没什么急事的话，给我回个信息就好了。"

"嗯……我想，好像有一阵子没和你通电话了。那个……"沙理奈吞吞吐吐的，"自从你妈妈和世绘出事之后。"

"这么说来……好像是蛮久了。"

"你怎么样，那之后？"

"还好吧，已经平静下来了。那之后也有半年多了。"

"你爸爸呢？还好吗？"

"也不能一直都让姑姑照顾。身边的事情，他可以稍微做一些了。"

"这么说来，我看全国新闻里提到，世绘和她家人的骨灰也已经顺利运回国了吧？"

"拖了这么久，总算是回来了。遗骨已经安放好了，亲戚们的心情也因人而异。之前，我还去参加葬礼了。"

"我葬礼也没去成。啊，不过，新年的时候我可能回不去了，这事那事的。"

"这么忙啊。是要写博士论文什么的吗？"

"怎么说呢……"沙理奈敷衍着转换了话题，"啊，华菜子还好吗？"

伦美停下轻快的脚步，吃惊地愣住了。对、对啊，沙理奈还不知道。

去吧，快，就这么往卧室走。我观察着被诅咒引来的代理者的神色，在心中这样祈祷着。

这位急匆匆通过走廊的代理者，发散出来的深深怨念比我的有过之而无不及。他是一位穿着白色 T 恤和牛仔裤的华丽男子，还很年轻，也就二十多岁吧。除了蓄着胡子的憔悴脸颊之外，看上去也算是个美少年。

他连拖鞋也没穿，就光着脚嗖嗖嗖地穿过走廊。他手里好像拿着什么东西，而且像是电影或者电视剧中用的那种，善良市民只能在虚构的世界中才看得到的东西——手枪。

我不知道他是从哪儿又是怎么拿到这东西的，无所谓了，重要的是，他现在杀意正浓。

拿着自动手枪的他走进了卧室旁边的更衣室，打开了通往浴室的门。那个叫阿诚的男人一边低声哼歌，一边用热水冲洗着自己的身体。

"嗯？"阿诚回过头，透过热气眯缝着眼睛说，"咦，棹儿吗？

欤，你……你来了？怎么没去卧……"

这个叫棹儿的男子没有任何多余的动作，直接伸出了拿着自动手枪的右手，用左手支撑着右手腕，什么话也没说，直接开枪。

砰的一声，像开启香槟瓶盖时发出的声响一般，枪声在那一瞬间被淋浴声盖过去了。被子弹击出了一个暗红色血洞的阿诚当场倒下。弹壳撞到墙上，发出刺耳的金属声，散发出的热气，蒸发掉了浴室地板上的一部分水滴。

好像为了这一天而进行过射击训练一样，棹儿用了一连串毫无停滞的动作轻松地打死了阿诚后，完全无视倒在热水中的尸体，走出了浴室。他眼中呈现浑浊的黄色，毫无表情地走向隔壁的卧室。

脱了睡袍的华菜子正在床上来回爱抚着佳奈子。二人似乎没有听到刚才的枪声，或者听到了也没有留意，只是专心致志地纠缠在一起。

棹儿打开卧室的门，又一次毫不犹豫地举起手枪发射。弯着腰、抬着佳奈子的屁股，正在其胯间蠕动舌头的华菜子，可能是感觉到了什么，忽地抬起头来。子弹正好命中她的眉间，鲜血飞溅。华菜子的身体大幅倾倒，从床上滚了下去，径直撞在地板上的头部发出了令人厌恶的声音。唇边还粘着佳奈子的阴毛和体液的她，脸上毫无表情。

另一边，失去支撑的臀部扑通一下落回床上，佳奈子好像还没有明白过来究竟发生了什么。她肉欲朦胧地望向身后，迟钝地坐了起来，看清了闯入者的身影，还是一脸茫然。

"啊？棹儿？"佳奈子慌张地看着倒在地板上的华菜子的尸体和这个年轻的男子，眼神终于恢复正常，"怎……怎么？"

之前还泛着淡粉色的雪白肌肤，因为恐惧而变成了土黄色。朝着这样的佳奈子，这个叫棹儿的男子举起手枪，慢慢靠近。

"那是什么？你怎么能拿那种东西对着妈妈！你究竟要干什么？棹儿，停……停下来。"

也就是说，这个男的是佳奈子的儿子？虽然不知道他为什么对阿诚、华菜子还有自己的母亲心怀杀意，但是无所谓了。重要的是，这是由我的怨念引发的强烈杀意。

"你听不见吗，棹儿？我说让你停下……停下来。停下！停……停停停……停下来啊——"

棹儿扣动了扳机。佳奈子的身上流出细细的血丝，缓缓地倒在床单上，脸上布满了恐惧和困惑的表情。

"你好狡猾啊，妈妈。绝不和我们三个人一起做，现在却……"

留下这句意义不明的话，棹儿张大了嘴，以像含着阴茎一样猥琐的姿势吞下手枪。枪声响起，鲜血和脑浆从他的头顶喷出，身体则瞬间倒下。

以自杀来结束啊！这一点倒是在我的意料之外。不过，好啦，棹儿，干得好！活该！华菜子和佳奈子，你们都活该！


迷迷糊糊的伦美轻轻咬了一下嘴唇。沙理奈还不知道华菜子被枪杀的凄惨事实。想想也是，定期报告给她御灵谷近况的好友，也就只剩下伦美自己了。没有联系过伦美，一直待在东京的沙理奈应该没办法知道的。不知道住在御灵谷的沙理奈的父母，有没有看到华菜子遇害的新闻，但不特意告诉他们的话，应该不会注意到那是女儿的朋友吧。或者说，他们不想让沙理奈承受过大的心理打击，所以干脆没有告诉她。

"嗯……华菜子她……"

伦美一时语涩，嘴唇湿润。

"嗯？华菜子她怎么了？"

"挺好的，和以前一样。"

伦美虽然也曾对沙理奈巧妙地隐瞒过一些事，不过如此明显地说谎，这应该是第一次。

"什么时候你回来了，我们三个再一起聚一聚啊。"

"当然，好期待啊。"

沙理奈，我一定会保护你的——伦美差点就将这句话说出口了。"不过，不能带男人哦。"最终只是胡乱补充了这句玩笑话。通话结束后，伦美完全不记得，自己彷徨着走到哪儿去了。

回过神来时，伦美发现自己已经置身少草寺了。不知何时，太阳已经落山，周围一片昏暗，四周一个人影也没有。

伦美把手里拿的椅子放在地上，解开绑在上面的绳子。冷风吹落树叶，发出嘈杂的声响，也将她的头发卷向半空。

直起上半身，伦美再次确认了一遍周围没有任何人后，将绳子打了个结。她的眼前耸立着一棵枝干粗壮的樱花树。这就是唯人上吊的那棵树。

把折叠椅打开当作立脚点，伦美踩了上去，把打好结的绳子捆在树枝上，又使劲拽了几下，确认强度。

伦美一动不动地凝视着绳圈，如果不用手拽着的话，绳圈就会被风吹动，固定不了位置。就这么把头伸进去，然后踢飞脚下的凳子，一切就结束了。所有的事情就都解决干净了。

伦美正要将头伸进绳圈内时，身上传来一阵震动——是设成了静音模式的手机。本来想无视它的，却还是取了出来。屏幕上显示的是"沙理奈"的名字。怎么了？伦美按下了通话键。

"喂？"

"即使你这么做，也没有任何意义。"

传来的不是沙理奈的声音，是男人的声音。

是那家伙——"测量仪"。

"你在说什么？"

"你和你的母亲，陷入了同样的圈套中。"

"啊？什么？同样的圈套？我妈妈究竟是怎么……"

突然，伦美的声音变得有些无精打采，感觉好像有道视线正看着站在椅子上的她。她慌张地看向周围，瞬间目瞪口呆。

伫立在那儿的不正是沙理奈吗？从随风飘动的长发缝隙中，可以窥见沙理奈的眼睛，那阴郁的眼神，令她平日的美貌更添一分凄凉。

"欸？为……"由于太过吃惊和不安，伦美一个踉跄，险些就要倒在地上了。她慌忙从椅子上跳了下来。"沙理奈，为……为什么？你现在不是应该在东京吗？"

"对不起，我骗了你，因为你的样子很奇怪……不对，你听……"扶住伦美摇晃的身体，沙理奈握住了她拿着电话的手腕，催促她拿回耳边。"总之，你先听听这个。"

"测量仪"的声音再次传到伦美耳中："你现在正陷于同样的圈套中。"

"圈套？那是指什么，能说得再详细一点吗？"

"你一直深信不疑，认为你母亲的死是他杀，首先这一点就是个很大的错误。"

"可这又是为什么呢，现场那张'解雇通知'的便条是怎么回事？"

"那什么也不是。那是你母亲——浅生加津江自己写的。事情就只是这样。"

"太傻了。我知道的，那笔记是哥哥的……"

伦美叹了一口气后沉默不语。

"终于明白了吧？就是那样的。浅生加津江常年代替儿子些那些虚构的日记，而且有意识地模仿他的笔记。这么四个汉字，要像本人的笔迹一样分毫不差地写出来，还是可以不费吹灰之力的。"

"可、可是……妈妈她……"

"是自杀的。在厨房割的腕。"

"这样的话，遗书先不说，为什么要留下那样的便条呢？"

"绝不是要推翻前面的论证，但浅生加津江是被日记杀死的。"

"被日记……"

系在樱花树枝上的绳圈轻轻地随风飘动，伦美仿佛看到一张嗤笑的人脸。

"和你一样，你母亲也知道唯人本人写的虚构日记，所以在唯人死后她才能续写下去。事情就是这么简单。所有的事情都很简单。没有离奇的机关，一个也没有。"

可能是因为冷风的缘故吧，伦美的牙齿咯咯作响。沙理奈一下抱紧了像得了疟疾一样颤抖的她。

"这不用我说，你也知道吧，全部的事？"

"全部？全部是指……"

"加津江在唯人死后，最开始续写虚构日记的时候，只是要怀念死去的儿子，没有其他的想法。可是，在努力书写日记的过程中，她开始陷入妄想状态中，好像儿子的思想实际存在于这个世界上一样。"

"思想……实际存在……"

"没错，就和现在的你一样。为了想让儿子的身边热闹起来，她便让在现实世界中意外死去的你的朋友们，全都在日记中复活了。可是因为你身边接连发生了太多事件，她便不再认为这些事都是偶然的了。因此，在加津江的心中，逆转了现实和虚构日记的因果关系。明明是追随着现实中发生的事件来写日记，可她却认为是日记引发了这些事，于是陷入妄想的迷途中，无法自拔。而那些日记，也成了儿子亡灵的代名词，写日记的自己，则在不知不觉中与死去的唯人彻底同化了——你现在得的病也是这样的。"

"我……我……是……"

"为了不让悲剧持续下去，只能抹杀儿子的亡灵，加津江正是钻进了这个牛角尖，才会选择自杀的。这就是真相。而你也差一点就陷入同样的妄想圈套中了。"

伦美拿着电话的手，无力地垂到腰间。可是她依然可以清晰地听到"测量仪"的声音。

"为了要保护对你来说最重要的人——沙理奈，就只能消灭哥哥的亡灵了。可是，对手并不是实体，要怎么做才好呢？如果自己可以与亡灵通话就可以了，想到这一点，你便开始续写日记，和你母亲所做的事几乎一模一样。确切地说，那并不能算作日记，叫手记可能更确切一点——而且是死者的。"

伦美最近这几个月，都在反复研究并模仿唯人的笔迹，用来写文章。

——肉体虽然消失了，却由于对俗世太过留恋，我化成亡灵留了下来。到底还是顺子老师和广亲的关系给我造成了强烈伤害的作用吧，只要亲眼看到理所当然地享受着性爱的情侣，本来只是注视着一切的我，意识就好像可以干涉现实世界。我的恨意就是如此强烈……

"你变成了哥哥的亡灵，用文章再现了贞广华菜子被枪杀的事件，还用了窥视的视角，连她们奔放的性爱盛宴也描述下来了。你以此谋求将唯人的亡灵完全封入自己体内，接下来只要消灭自己的肉体，那唯人的意识也就永远消失了。这样一来，你就可以确保自己所爱的沙理奈的安全了……"

伦美已经不想听了，手机滑落的同时，双腿也无力地跪在地上。沙理奈也跟着跪了下来，用尽全力抱着伦美。在两人身旁，还开着的电话待机画面上仍传出低语声：

"事情就是这么简单。没有离奇的机关，一个也没有……"

**图书在版编目（CIP）数据**

妄想代理／（日）西泽保彦著；徐鑫译 . —— 北京：新星出版社，2014.12

ISBN 978−7−5133−1485−5

Ⅰ.①妄… Ⅱ.①西… ②徐… Ⅲ.①长篇小说−日本−现代 Ⅳ.① I313.45

中国版本图书馆 CIP 数据核字（2014）第 060486 号

午夜文库
谢刚 主持

**妄想代理**

（日）西泽保彦 著；徐鑫 译

**责任编辑**：邹 瑨
**责任印制**：韦 舰
**装帧设计**：@broussaille 私制

**出版发行**：新星出版社
**出 版 人**：谢 刚
**社　　址**：北京市西城区车公庄大街丙3号楼　　100044
**网　　址**：www.newstarpress.com
**电　　话**：010-88310888
**传　　真**：010-65270449
**法律顾问**：北京市大成律师事务所

**读者服务**：010-88310811　service@newstarpress.com
**邮购地址**：北京市西城区车公庄大街丙3号楼　　100044

**印　　刷**：北京京都六环印刷厂
**开　　本**：910mm×1230mm　1/32
**印　　张**：7.875
**字　　数**：111千字
**版　　次**：2014年12月第一版　　2014年12月第一次印刷
**书　　号**：ISBN 978-7-5133-1485-5
**定　　价**：30.00元